KB053209

oto © Nicolas Bouvier

가서 살든지, 아니면 머무르다가 죽든지 하련다.

셰익스피어

L' USAGE DU MONDE
By Nicolas Bouvier
© Editions LA DÉCOUVERTE, Paris, France, 1963, 1985, 2014.
All rights reserved.

Korean translation copyright © 2016 by SODONG PUBLISHING Co.

이 책의 한국어판 저작권은 PubHub 에이전시를 통한 저작권자와의 독점 계약으로
도서출판 소동에 있습니다. 저작권법에 의해 한국 내에서 보호를 받는 저작물이므로
무단 전재와 무단 복제를 금합니다.

세상의 용도

세상의 용도 01

지은이 | 니콜라 부비에
옮긴이 | 이재형

초판 펴낸날 | 2018년 6월 30일
펴낸이 | 김남기

표지 · 본문 디자인 | 소나무와 민들레

펴낸곳 | 소동
등록 | 2002년 1월 14일(제19-0170)
주소 | 경기도 파주시 돌곶이길 178-23
전화 | 031 · 955 · 6202   070 · 7796 · 6202
팩스 | 031 · 955 · 6206
홈페이지 | http://www.sodongbook.com
전자우편 | sodongbook@naver.com

ISBN 978-89-94750-25-5 (04860)
ISBN 978-89-94750-24-8 (04860)(세트)

* 잘못된 책은 바꾸어드립니다.

이 도서의 국립중앙도서관 출판예정도서목록(CIP)은 서지정보유통지원시스템 홈페이지(http://seoji.
nl.go.kr)와 국가자료공동목록시스템(http://www.nl.go.kr/kolisnet)에서 이용하실 수 있습니다.(CIP제어번호:
CIP2018018083

세상의 용도

발칸반도·그리스·터키

01

봄꽃들이여, 무얼 기다리니

지은이 니콜라 부비에

옮긴이 이재형

소동

일러두기

이 책의 저자들은 1950년대에 스위스를 출발하여 인도 여행길에 올랐습니다.
지금과 국경선, 국제정세 등이 많이 다르기에 한국어판은 각주, 지도(176쪽)를 넣었습니다.

글쓴이 주와 옮긴이 주는 본문 중에 나오며(괄호 처리), 각주는 편집자 주입니다.
각주에서 출처가 따로 표시되지 않은 것은 위키백과를 참고했습니다.

여행은 동기를 필요로 하지 않는다

서장

1953년 6월, 제네바[1] ~ 1954년 12월, 카이바르고개[64]

사흘 전에 제네바를 떠나 느긋하게 자그레브[2]에 도착해 보니, 티에리가 보낸 편지가 우체국 유치우편으로 와있었다.

7월 4일, 보스니아, 트라브니크[3]

"오늘 아침에는 해가 쨍쨍 내리쬐면서 무더위가 시작되었어. 그림을 그리러 언덕으로 올라갔지. 데이지꽃이 흐드러지게 피고, 밀은 싱그럽게 자라나고, 무성한 나뭇가지와 잎사귀가 적요한 그늘을 드리우고 있었어. 돌아오는 길에는 조랑말을 탄 농부를 만났지. 그가 말에서 내리더니 담배 한 개비를 말아주기에 길옆에 쪼그리고 앉아 피웠어. 사실 난 세르비아 말을 겨우 몇 마디밖에 알지 못하지만 그래도 빵을 사가지고 집에 돌아가는 길이며, 팔이 굵고 젖가슴이 풍만한 신붓감을 구하는 데 1,000디나르를 썼고, 아이가 세 명, 암소가 세 마리 있으며, 작년에 모두 일곱이나 되는 목숨을 앗아간 벼락을 조심해야 한다는 그의 말을 알아들을 수는 있었지.

그러고 나서 시장에 갔어. 마침 장날이었지. 염소 한 마리를 통째로 벗겨서 만든 가죽가방과, 넓은 밭에 심어놓은 호밀을 모조리 다 베고 싶은 욕구를 절로 불러일으키는 낫, 여우가죽, 파프리카, 호루라기, 구두, 치즈, 양철로 만든 장신구, 수염을 기른 남자들의 푸릇푸릇한 기운이 아직도 감도는 골풀을 엮어 만든 체, 그리고 무엇보다도 외다리와 외팔이, 결막염 환자, 계속해서 몸을 떠는 사람, 목발을 짚은 사람이 눈에 들어왔어.

밤에는 아카시나무 밑에서 한잔 마시면서 집시들의 이야기에 귀 기울였지. 돌아오는 길에는 아몬드를 넣어 만든 커다란 페이스트를 샀는데, 분홍빛이 돌면서 기름기가 배어있는 것

카이바르 고개 아프가니스탄과 파키스탄을 연결하는 고개. 힌두쿠시 산맥을 가로지른다. 유럽 쪽에서 인도를 침략할 때 꼭 거쳐야 하는 관문이자 주요 교역로였기에, 19세기 아프간전쟁 때 영국은 카이바르 고개로 이어지는 도로를 건설한 후, 파키스탄 쪽에서 아프가니스탄을 공격했다. 카이바르는 '강을 건너는'이라는 뜻이다.

자그레브 크로아티아의 수도.

트라브니크 보스니아 중부에 있는 도시. 이 책에서 여행이 본격 시작되는 곳은 발칸 반도의 옛 유고슬라비아공화국 지역이다. 유고슬라비아는 저자들이 여행했던 1953년에는 티토 치하의 통일 공산주의 국가였는데, 2016년 현재 7개 국가(세르비아, 몬테네그로, 크로아티아, 보스니아-헤르체고비나, 슬로베니아, 마케도니아공화국, 코소보공화국)로 분리된 상태다.

이…… 이거야말로 동양이 아니면 맛볼 수 없는 게 아닐까?"

　　지도를 찬찬히 들여다보았다. 트라브니크는 보스니아 한가운데의 산으로 둘러싸인 작은 도시였다. 티에리는 거기서 출발해, 베오그라드를 향해 올라가 세르비아화가협회 초청으로 전시회를 열 예정이었다. 나는 새로 수리한 고물 피아트 자동차에 짐을 싣고 베오그라드에서 7월 말에 티에리와 만나, 터키와 이란, 인도, 그리고 어쩌면 그보다 더 먼 곳까지 가기로 되어있었다……. 우리에게는 2년의 시간이, 그리고 넉 달을 버틸 수 있는 돈이 있었다. 계획 자체는 확실치 않았지만, 이런 종류의 일에서 가장 중요한 건 우선 떠나고 보는 것이다.

　　열 살에서 열세 살 사이에 나는 양탄자 위에 큰댓자로 누워서 세계지도를 찬찬히 들여다보곤 했다. 그러다 보면 여행하고 싶은 욕구가 절로 솟아났다. 바나트나 카스피 해, 카슈미르 같은 지역과 그곳의 음악, 거기서 마주치게 될 눈길, 거기서 나를 기다리고 있는 생각들을 꿈꾸었다……. 그같은 욕망은 무엇보다도 상식에 어긋나지만, 그런데도 욕망이 계속해서 상식에 저항하면 우리는 이런저런 이유들을 찾는다. 그리고 그 이유들이 아무 소용도 없다는 사실을 알게 된다. 이 억누르기 힘든 욕망, 그걸 뭐라 불러야할지, 사실 우리는 모른다. 무엇인가가 점점 더 커지다가 어느 날인가 닻줄이 풀리면, 반드시 자신감이 넘치는 건 아니지만 그래도 일단은 떠나고 보는 것이다.

여행은 동기를 필요로 하지 않는다. 여행은 그냥 그 자체로서 충분하다는 것을 곧 증명해 주리라. 여행자는 자기가 여행을 하고 있다고 믿지만, 얼마 지나지 않아서부터는 여행이 여행자를 만들고 여행자를 해체한다.

……봉투 겉면에는 "나의 아코디언, 나의 아코디언, 나의 아코디언!"이라고 쓰여 있었다.

시작치고는 좋다. 나 역시 그렇다. 나는 백포도주가 담긴 길쭉한 잔을 앞에 놓아두고 자그레브 교외의 한 카페에 앉아있었다. 어둠이 내리고, 사람들이 공장을 빠져나가고, 장례식 행렬(맨발과 상복, 십자가)이 지나가는 것을 바라보았다. 어치 두 마리가 보리수나무 잎사귀 속에서 다투고 있었다. 먼지를 온몸에 뒤집어 쓴 나는, 벌레들이 반쯤 갉아먹은 고추 하나를 오른손에 들고 가슴속에서 그날 하루가 우르르 무너지는 소리에 귀를 기울였다. 나는 기지개를 켜면서 공기를 몇 리터씩 들이켰다. 고양이가 아홉 번 산다는 속담이 생각났다. 나도 내 두 번째 삶 속으로 들어가는 것일까.

| 목차

우리에게는 9주일을 살 수 있을 만큼의 돈이 있었다. 돈의 액수는 얼마되지 않았지만 시간은 넘쳐났다. 우리는 일체의 사치를 거부하고 오직 느림이라는 가장 소중한 사치만을 누리기로 작정했다.

새로운 세계에서 빈둥거리며
나태를 부리는 것만큼
신나는 일이 또 있을까

첫번째 이야기 발칸 반도

베오그라드[4]

마제스틱 카페 앞에 자동차를 세우는 순간, 자정을 알리는 종이 울렸다. 아직 무더운 길거리는 푸근한 침묵에 잠겨 있었다. 레이스 달린 커튼을 통해 카페 안에 앉아있는 티에리를 관찰했다. 식탁보에 호박을 실물 크기로 그려놓고 거기에 자그마한 호박씨를 채워넣으며 무료한 시간을 보내는 중이었다. 트라브니크에서 미용사를 자주 찾지 않았음에 틀림없다. 귀가 꼭 상어 지느러

베오그라드 9세기부터 시작된 세르비아 왕국과, 유고슬라비아공화국 시절의 수도. 현재는 세르비아공화국의 수도. '하얀 도시'라는 뜻이다. 전통적으로 정치·경제의 중심 지역은 사바 강이 도나우 강과 만나는 오른쪽이며, 이 책의 저자들이 여행할 무렵에는 사바 강 서쪽의 제먼 지역에 노비베오그라드라는 신도시를 건설 중이었다.

미처럼 삼각형꼴로 생긴 데다가 눈이 작고 푸른색이라서 그런지, 티에리는 영락없이 실컷 장난치며 놀다가 기진맥진한 어린 돌고래처럼 보였다.

나는 창문을 통해 오랫동안 지켜보다가 티에리가 앉아있는 탁자로 다가갔다. 건배를 했다. 나는 이 오래된 계획이 형태를 갖춰가는 걸 보니 기분이 좋았고, 티에리는 다시 나를 만난 것을 반가워했다. 티에리는 모든 걸 다 정리하고 떠나느라 어려움을 겪었다. 게다가 적응도 안된 상태에서 너무 오랫동안 걷다 보니 피로가 쌓일 대로 쌓여 기분까지 우울해졌다. 아픈 두 발을 질질 끌고 이마에 땀을 뻘뻘 흘리며, 도대체 무슨 얘기를 하는지 도저히 알아들을 수가 없는 농민들이 사는 그 시골 마을들을 통과해 오다 보니, 모든 게 다 의문스러워졌다. 티에리가 생각할 때 우리의 계획은 도저히 실현 불가능해 보였다. 터무니없는 공상의 산물에 불과하다는 것이다. 슬로베니아에서 그의 초췌한 안색과 엄청나게 무거운 배낭을 눈여겨 본 한 여관 주인은 친절하게도 이렇게 말하면서 한술 더 떴다.

"난 바보가 아니랍니다, 손님. 그래서 집을 떠나지 않지요."

그러고 나서 한 달 동안 보스니아에서 그림을 그리다 보니 건강이 회복되었다고 한다. 그가 그림을 들고 베오그라드에 나타나자 ULUS(세르비아화가협회)의 화가들은 형제처럼 반갑게 맞으며 근교에 우리 두 사람이 묵을 빈 아틀리에를 마련해 주었다는 것이다.

　다시 자동차에 올라탔다. 아틀리에는 도시 외곽에 있었다. 다리로 사바 강을 건너고 나서 강둑을 따라 나있는 두 개의 바퀴 자국을 따라 엉겅퀴가 뒤덮인 좁은 땅까지 가야만 했다. 바로 그 곳에 다 허물어져가는 작은 건물 몇 채가 서있었다. 티에리가 그 중 가장 큰 건물 앞에 차를 세우라고 말했다.

　우리는 아무 말 없이 어두운 계단 위에 짐을 날라다놓았다. 테레빈유와 먼지 냄새 때문에 목이 갑갑했다. 숨이 턱턱 막힐 만큼 더운 날씨였다. 살짝 열린 방문에서 코고는 소리가 귀청이 떨어져나갈 정도로 요란하게 흘러나와 층계참을 울렸다. 티에리는 꼭 정연한 논리에 따라 체계적으로 행동하는 부랑자처럼 부서진 타일바닥에서 꽤 떨어진, 가구 한 점 없이 덩그렇기만 한 방 한가운데의 깨끗이 빗질된 마룻바닥에 익숙하게 자리잡았다. 녹슨 침대 밑판, 그가 그림 그릴 때 쓰는 도구들, 석유등, 그리고 휴대용 석유난로 옆에 있는 캐나다 표장標章 위의 수박 한 개와 염소치즈 하나. 그날 치 빨래가 팽팽하게 당겨진 빨랫줄에서 말라가고 있었다. 소박하지만 너무나 자연스러운 풍경이어서 나는 그가 몇 년 전부터 거기서 날 기다리고 있었다는 느낌을 받았다.

　배낭을 바닥에 내려놓고 옷을 입은 채 그대로 누웠다. 산형

화서로 꽃이 핀 독당근이 여름 하늘을 향해 열린 십자형 창틀의 유리창문까지 올라와있었다. 그리고 별들이 눈부시게 반짝이고 있었다.

　새로운 세계에서 빈둥거리며 나태를 부리는 것만큼 신나는 일이 또 있을까.

　여름의 타는 듯한 열기로 가득 찬 사바교의 거대한 아치와 도나우 강 지류 사이의 교외지대에서 구름처럼 먼지가 일었다. 이곳은 나치가 집단수용소로 바꾼 농업전시회장의 잔해 때문에 '사이미크테', 즉 장場이라고 불렸다. 4년 동안 유대인과 레지스탕스 활동가, 집시들이 여기서 수백 명씩 죽어나갔다. 다시 평화가 찾아오자 시 당국에서는 이 음산한 '건물들'을 대충 손봐서 국가에서 보조금을 받는 예술가들에게 제공했다.

　우리 건물(흔들거리는 문과 깨진 창문, 툭하면 고장 나는 화장실 수도장치)에는 일체 아무 장식이 없는 것에서부터 화려한 보헤미안 스타일까지 모두 다섯 곳의 아틀리에가 있었다. 이곳에 세든 사람들 가운데 특히 가난한 사람들, 굳이 말하자면 2층 세입자들은 매일 아침 손에 면도솔을 들고 건물 관리인(죽으나 사나 챙 달린 모자를 쓰고 다니는 상이용사)과 함께 층계참의 세면대 앞에 섰다. 이 관리인이 한 손으로 면도기를 들고 신중하게 턱을 미는 동안 그의 피부를 잡아당겨 펴줘야만 했기 때문이다. 건물 관리인은 몸이 허약하고 수달보다 더 의심이 많은 인물로서, 하루 종일 하는 일이라곤 오직 남자들 꾐에 쉽게 넘어갈 나이가 된 딸을 감시하고, 주의가 산만한 세입자들이 화장실(쭈그려 앉기 전에 호주머니를 다 비워야 하는 터키식 변소)에 잊어버리고 놓아둔 손수건과 라이터, 만년필 등 자질구레한 물건들을 주워 모으는 것뿐이었다. 문학평론가 밀로반, 도예가 아나스타세, 그리고 농부 화가인 블라다가 1층 아틀리에를 쓰고 있었다. 그들은 우리를 도와주고, 우리를 위해 통역 노릇을 하고, 타자기와 조각난 거울, 굵은 소금 한 줌을 우리에게 빌려주었다. 그리고 수채화 한 점이나 글 한 편이 팔리면, 같은 건물에 사는 사람들을 모두 다 초대해서 고래고래 소리를 지르며 축하 파티(백포도주와 고추, 치즈가 등장하는)를 벌이고 햇볕 잘 드는 마룻바닥에서 낮잠을 즐길 준비가 항상 되어있었다. 그들이 가난하게 사는 건 틀림없는 사실이었지만, 점령과 전쟁으로 점철된 암울한 시대는 살면서 평온한 즐거움을 누리는 게 얼마나 힘든 것인가를 그들에게 가르쳐주었고, 그리하여 사이미크테는 비록 이것저것 없는 게 많아 불편하기는 하지만 그 대신 오직 그 자체만의 쾌활한 분위기를 간직하게 되었다. 이곳은 양귀비와 수레국화, 잡초가 무성하게 자라나 다 무너져가는 건물을 공략하고 주변에 우후죽순으로 생겨난 누추한 집과 임시숙소를 푸르른 침묵 속에 파묻어버린 정글이었다.

조각가 한 사람이 우리 옆 건물에 살고 있었다. 턱수염이 지저분하게 난 그는 꼭 무슨 자동권총이라도 되는 양 망치를 허리띠에 꽂고 다녔고, 잠을 잘 때는 거의 다 완성된 동상(웃통을 벗어부치고, 꽉 움켜쥔 주먹을 경기관총에 갖다대고 있는 빨치산) 발밑에서 짚을 넣은 매트를 깔고 잤다. 그는 이 일대에서 최고로 부자였다. 시대를 잘 만난 것이다. 위령비, 화강암으로 만든 붉은 별, 시속 200킬로미터로 부는 바람과 싸우는 항독유격대원들의 동상 등 주문이 최소한 4년 치는 밀려있었다. 이상할 건 없었다. 혁명은 원래 비밀위원회의 일이었으나 이제는 확고한 기반을 굳히고 화석화되어 그를 비롯한 조각가들의 일이 된 것이다. 세르비아처럼 끊임없이 봉기하여 싸우는 나라에서는 영웅들의 레퍼토리(뒷발로 일어선 말, 빼어든 검, 게릴라)가 무궁무진해서 필요할 때마다 하나씩 끄집어내어 쓰면 된다. 하지만 이번에는 좀 힘들었다. 해방자들이 스타일을 바꾼 것이다. 그들은 걷는 자세를 취했고, 머리를 짧게 깎았으며, 잔뜩 심각한 표정에 무뚝뚝했다. 이 조각가가 세르비아 풍습에 따라 한 숟갈 가득 떠서 우리에게 먹으라고 준 잼은 덜 호전적이고 더 온화한 세계를 암시하는 듯하였다.

공터 반대쪽으로 술집에 붙어있는 얼음창고는 이곳, 하늘과 가시덤불 사이에서 닭을 키우고 냄비에 음식을 해먹으며 살아가는 사람들의 사서함이나 약속장소로 쓰였다. 사람들은 여기서 흙이 섞이고 표면이 우툴두툴한 무거운 얼음덩어리와, 시큼한 맛이 저녁까지도 입안에 남아있는 염소젖을 넣은 셔벗(과즙에 물, 우유, 설탕 등을 넣어 만든 얼음과자 - 옮긴이 주)을 사서 손에 들고 집으로 돌아오곤 했다. 술집에는 탁자가 두 개뿐이었다. 하루 중 최고로 무더운 시간이 되면 이 지역 넝마주이들(빨간 눈을 이리저리 굴리는 노인들로서, 함께 코를 쿵쿵거리며 쓰레기 냄새를 맡는 모습이 꼭 흰 족제비들이랑 한 굴에서 사는 것처럼 보이는)이 탁자 주위에 자리를 잡고 잠을 자거나, 아니면 주워온 걸 분류하곤 했다.

얼음창고 뒤로는 귀 덮개가 달린 챙 있는 모자를 쓰고 다니는 우크라이나 출신 고물장수의 땅이 펼쳐졌다. 몸집이 엄청나게 큰 이 사내는 까마득하게 쌓인 헌 신발과 퓨즈가 나가거나 터진 전구를 보물처럼 생각했는데, 그 땅 한가운데 아주 깨끗한 꿀벌통 같은 곳에서 먹고 자며 물건들을 도매로 사고팔았다. 산더미를 이룬 구멍 뚫린 양철통과 타이어 튜브 역시 그의 장사 밑천이었다. 놀라운 건 '산 물건'을 들고 그의 창고를 떠나는 고객들의 숫자였다. 결핍의 정도가 심해지면 뭐든지 다 팔아치울 수 있는 법이다. 사이미크테에서는 신발 한 켤레(비록 구멍이 났다 하더라도)를 가지고도 장사를 할 수가 있었는데, 사람들이 맨발로 이 우크라이나인의 산에 기어올라 눈을 반짝이며 이것저것 뒤적거리는 모습을 심심찮게 볼 수 있었다.

정부는 지질학자들의 의견을 무시하고 서쪽의 제면으로 이어지는 도로를 따라 위성도시 노비베오그라드의 토대를 마련했는데, 땅은 넓지만 엉겅퀴가 우거지고 배수가 잘 안되는 곳이었다. 아무리 존엄한 관청이라도 스펀지처럼 물렁물렁한 토질에까지 권위를 내세울 수는 없는 법, 노비베오그라드는 땅에서 빠져나오기는커녕 계속 밑으로 가라앉고 있었다. 2년 전에 버려진 이 도시에 남아있는 가짜 창문과 비틀어진 들보에는 이제 부엉이들이 앉았으며, 그것들이 드넓은 들판과 우리 사이의 경계가 되었다.

아침 다섯시, 8월의 태양이 눈꺼풀을 간지럽히기에 우리는 다리를 건너 사이미크테 반대편의 사바 강으로 멱을 감으러 갔다. 발에 부드럽게 와닿는 모래, 오리나무 숲속의 암소 몇 마리, 숄을 쓰고 새끼거위들을 지키며 서있는 어린 소녀, 포격으로 생긴 구덩이 속에서 신문지를 덮고 잠자는 거지. 날이 밝으면 거룻배 선원들과 마을사람들이 이곳에 와서 빨래를 하곤 했다. 우리도 그들과 함께 흙빛 물속에 쭈그리고 앉아 셔츠를 문질렀다. 거대한 거품층이 마치 빙산처럼 물길을 따라 불가리아 쪽으로 떠내려가는 동안, 아직 잠들어있는 도시를 바라보는 강둑에서는 물기 짜내는 소리, 양치질하는 소리, 속삭이는 듯한 노랫소리만 들려왔다.

여름의 베오그라드는 아침 도시다. 여섯시가 되면 시청 살수차가 채소 수레를 끌고 온 짐승들이 싸고 간 똥을 쓸어내고, 가게에서는 나무로 만든 덧문들이 쾅 소리를 내며 닫힌다. 일곱시면 카페란 카페는 모두 다 미어터진다. 전시장은 여덟시에 문을 열었다. 티에리가 그의 말을 아예 들으려고 하지도 않는 사람들의 집을 이틀에 한 번씩 찾아가서 그림을 사라고 조르거나 시내에서 그림을 그리는 동안, 나는 전시장을 지켰다. 입장료는 20디나르였다. 돈이 있는 사람들에게는 그렇게 받았다는 말이다. 금고 속에 들어있는 건 지난번에 전시한 화가가 깜빡 놔두고 간 책 《바리에테 V》와 동전 한줌뿐이었다. 프랑스의 시인 폴 발레리가 쓴 이 책의 만연체가 이곳에서는 이국적으로 느껴지면서 책 읽는 즐거움을 배가시켰다. 책상 밑에는 반통짜리 수박과 포도주병이 세르비아화가협회 친구들을 기다리고 있었다. 화가 친구들은 해질 무렵에 들러서 사바 강으로 다이빙을 가자고 제안하거나 그날 치 석간에 실린 짧은 전람회 기사를 번역해 주곤 했다.

"베르르르네트르트 씨는…… 우리 시골마을을 직접 두 눈으로 보았고 그의 크로키는 흥미롭다. 그러나 그는 지나치게 풍자적이며, 게다가…… 게다가…… (참, 이걸 도대체 어떻게 번역해야 하나? 번역자가 손가락을 딱딱 마주치며 이렇게 말한다) 아, 그렇지! 진지함이 부족하다!"

사실 진지함이란 인민민주주의가 가장 좋아하는 양식이다. 아침 이른 시각에 기사를 쓰려고 찾아왔던 공산주의 언론의 기자들은 그걸 남아돌 만큼 많이 가지고 있었다. 삐걱삐걱 소리가 나는 구두를 신은 이 젊은 공무원들은 대부분 티토를 추종하는 항독유격대 출신이었는데, 중요한 자리에 오르자 무척 만족스러워했지만(당연히 그럴 만하기는 하다) 바로 그것 때문에 좀 거만하고 우유부단해졌다. 그들은 깐깐한 검열자처럼 이마를 찌푸리며 이 그림 저 그림으로 옮겨 다녔는데, 실제로는 아이러니가 반동적인지 아니면 진보적인지 알아낼 도리가 없어서 몹시 난감해했다.

　　열한시부터 정오까지의 시간에는 문에 붙여놓은 포스터(푸른색 배경에 노란색 태양이 그려진)가 학교에서 돌아온 테라지에 거리의 모든 어린아이들을 끌어모았다. 버터 바른 빵 전시회라도 그 이상 성공을 거두지는 못했으리라. 이 빠진 얼굴에 웃음을 가득 머금은 어린 소녀들이 자신들의 팔꿈치 높이에 둘러쳐진 전시장 경계선의 받침대 위쪽에 한쪽 발을 올려놓고 그림을 구경했다. 온몸이 먼지투성이인 집시 소년들은 얼굴을 한번 찡그리는 것으로 입장료를 갈음한 다음, 소리를 꽥꽥 질러대고 이 방 저 방으로 뛰어다니며 자그마한 맨발자국을 왁스로 닦은 마룻바닥 여기저기에 남겼다.

　　가장 한산한 시간인 오후 다섯시에서 여섯시 사이에는 고급 주택가의 유령들이 우리에게 모습을 보여주었다. 어쩐지 애처로워 보이는 이 온순하고 시대에 뒤떨어진 사람들이 유창한 프랑스어를 구사하고 공손한 태도를 취하며 주저주저하는 모습은, 부르주아 출신이라는 걸 한눈에 알 수 있게 하였다. 엄청나게 큰 장바구니를 들고 턱수염이 떨리는 게 보일 정도로 몸을 바들바들 떠는 노인들과, 테니스화를 신고 시골여자처럼 얼굴이 새까맣게 탄 중년 부인들은 의자를 카운터까지 끌고 와서 마른 손을 내밀며 신중하게 우리 의중을 살폈다. 자기들이 침울한 표정으로 옛 기억을 더듬으면 우리가 어떤 반응을 보일지 알아보기 위해서였다. 사면辭免이 이루어진 1951년 10월 이후에 귀국한 그들 중 많은 수는 옛날에는 자기 소유였던 집의 방들 중에서도 가장 작은 방을 겨우 얻어 한치 앞도 보이지 않는 삶을 살아가고 있었다. 한 음악광은 옛날에는 변호사로 잘 나갔으나 이제는 재즈 악단을 위해 악보를 베껴 쓰는 일을 했으며, 왕년에 살롱에서 뭇 남성 시인들에게 영감을 제공했다는 한 여인은 음악 기초나 영어를 가르치기 위해 동이 틀 무렵이면 일어나 멀리 떨어진 군대 막사를 향해 죽어라고 자전거 페달을 밟았다. 그들은 멍한 눈길로 벽만 바라보았다. 하지만, 그냥 곧장 가버리기에는

요시프 브로즈 티토(1892~1980) 유고슬라비아의 민족주의 운동가이자 초대 대통령(1945 부임). 소련에 예속되지 않은 독자적인 사회주의 노선, 경제건설을 강력하게 추진했다. 1974년 종신 대통령으로 추대되었고 1980년 사망. 그의 사후 유고슬라비아는 분리주의 운동과 내전의 소용돌이에 끊임없이 휩쓸렸고, 현재의 7개 공화국으로 나뉘었다.

너무나 외롭고, 그렇다고 해서 외롭다는 말을 하기에는 자존심이 너무 강했으므로 '그나마 말귀를 알아들을 수 있는' 우리에게 반드시 봐야만 하는 알렉산드로스 왕의 무덤이나 다른 용도로 쓰이는 마케도니아 수도원에 관한 장광설을 전시회장 문이 닫힐 때까지 쉴 새 없이 늘어놓아 듣는 사람을 피곤하게 만들곤 했다. 그들은 거기 머무르면서 간절한 표정을 짓기도 하고, 지겨워하기도 하고, 깊은 속이야기를 털어놓기도 하고, 이런저런 충고를 하기도 했다. 하지만 그들의 마음은 더 이상 거기 있지 않았다. 그들은 용기를 내려고 애를 쓰지만, 그들에게서는 이미 오래 전에 활기가 사라져버린 것이다.

　해질 무렵이면 이 길거리에 사는 사람들이 모두 전시장에 들렀다. 베오그라드 사람들은 기분전환거리가 거의 없었기 때문에 혹시라도 그런 게 생기면 절대 놓치지 않는다. 삶 자체가 정말 너무나 소박한 까닭에 사람들은 모든 것에 굶주렸으며, 이 같은 욕구가 온갖 종류의 발견으로 이어졌다. 신학생들은 오토바이 경주를 지켜보고, 낮에 '티토 원수' 거리에서 장을 보고 온 농부들은 우리 전시회장에서 수채화라는 것도 있다는 사실을 비로소 안다. 그들은 날카로운 눈으로 입장권을 곁눈질하다가 비료부대와 새로 산 고삐, 날에 기름을 친 낫도끼를 문에 기대어 놓고, 허리띠나 군모軍帽에서 주섬주섬 돈을 꺼낸다. 그러고 나서 본전은 뽑아야겠다고 굳은 결심을 한 듯 뒷짐을 지고 이 그림

저 그림으로 성큼성큼 옮겨 다니면서 아무 말 없이 감상에 몰두하는 것이다. 《모스타르 데일리》나 《체티네의 메아리》 신문에 실리는 무겁고 답답한 사진을 보면서 형성된 그들의 심미안은 이 선화線畵를 쉽게 이해하지 못했다. 그러다가 눈에 익은 세세한 부분(칠면조, 첨탑, 자전거 핸들)에서 주제를 찾아내면 느닷없이 웃음을 짓거나 혼자서 뭐라고 중얼거리면서 자신들의 역과 자신들의 꼽추, 자신들의 강이 있나 보려고 목을 내밀곤 했다. 옷차림이 단정치 못한 남자를 그려놓은 그림 앞에 서면 혹시 자기가 입고 있는 바지의 단추가 열렸는지 그것부터 확인했다. 나는 뭐든지 다 자신과 연관시키면서 천천히 끈기 있게 작품을 감상하고 평가하는 그같은 방식이 마음에 들었다. 농부들은 보통 헐렁한 바지차림으로 시골 냄새를 풍기며 편안하게 마지막 순간까지 전시회장에 머무르다가, 정중하게 계산대로 다가와 화가와 악수를 하거나 아니면 침을 듬뿍듬뿍 발라가며 담배를 말아 건넸다.

　　일곱시가 되면 세르비아화가협회의 매니저인 프르반이 정보를 가지고 나타났다. 아니다, 그의 주고객인 정부의 구매자들은 아직 결정을 내리지 않았다.

모스타르　보스니아-헤르체고비나에 있는 도시. 오스만 시대의 이슬람 건축물이 많은데, 특히 오래된 다리들이 유명하다. 모스타르는 '오래된 다리'라는 뜻에서 왔다. 부록 지도 참고.
체티네　알바니아와의 국경 근처에 있는 몬테네그로의 도시. 몬테네그로 왕국 시절에는 수도였다. 지도 참고.

그가 말했다.

"으음, 우리 내일 그 사람들을 찾아가서 설득해 보자구요."

이렇게 말하고 난 그는 우리를 자기 어머니 집에 데리고 가서 시금치 파이를 대접해 주었다.

고객은 없었지만 친구는 얼마든지 있었다. 세르비아에는 인간적 관대함이라는 소중한 보물이 있고, 여전히 모든 게 부족하지만 그래도 분위기는 훈훈하다. 세르비아인들이 우리들에게 되풀이해서 말했던 것처럼 프랑스는 유럽의 중추가 될 수 있을 것이다. 그러나 지금 현재 유럽의 심장(별로 사용하지 않는)은 발칸제국이다.

우리는 어두운 부엌과 좁은 응접실에 초대되어 가지, 꼬치에 꿴 고기, 주머니칼로 자르면 슈우 소리를 내며 갈라지는 멜론을 배가 터지도록 먹었다. 여자 조카들, 무릎에서 우두둑 소리가 나는 노인들(최소한 3대가 이 집에서 함께 살고 있었다)이 이미 흥분 속에서 식탁을 차려놓았다. 소개, 인사, 더 이상 쓰이지 않지만 매혹적인 불어로 이루어진 환영 인사말, 발자크나 졸라의 작품을 읽으며 시간을 죽이고 〈나는 고발한다〉야말로 파리 문학계의 마지막 스캔들이라고 생각하는 이 두 나이든 문학광 부르조아들과의 대화, 스파, '만국박람회'……. 그들이 기억의 끝에

도달하고 천사들이 지나가자(대화 도중 이야기가 끊어져 멋쩍어 할 때 하는 말 - 옮긴이 주) 우리 화가 친구는 블라맹크 혹은 마티스에 관해 쓴 책을 한 권 가져와서 읽었고, 그동안 온 가족은 마치 그들은 참석하지 않는 엄숙한 예배가 이제 막 시작되기라도 한 것처럼 침묵만을 지키고 있었다. 이처럼 진지한 분위기가 나를 감동시켰다.

공부하는 동안 나는 '교양'을 화분에 심고, 지적知的 원예와 분석, 해석 작업을 했으며, 꺾꽂이도 했었다. 나는 여러 예술작품을 해부했지만 그것들의 역동적 가치를 깨닫지는 못했다. 내가 살던 곳에서는 삶의 옷감이 반듯하게 재단되고 명확히 분류되며, 습관과 제도에 맞추어 맵시롭게 꿰매지기 때문에 창의력을 위한 공간이 전혀 없다. 곧 창의력은 장식적 기능으로 제한되어, 오직 뭔가 '유쾌한 것'으로만, 말하자면 있어도 그만 없어도 그만인 것으로만 간주되었다. 하지만 세르비아에서는 전혀 다르다. 꼭 필요한 것을 못 가졌기 때문에 어느 정도까지는 본질적인 것에 대한 욕구가 자극을 받았다. 아직까지는 보잘것없는 수준에 머물러있는 삶은, 형식을 간절히 필요로 하고 있었으며 그래서 예술가(나는 이 범주에 피리를 불 줄 알거나, 색깔을 뒤섞어서 서투

오노레 드 발자크(1799 ~ 1850)《인간희극》을 쓴 프랑스의 소설가.
에밀 졸라(1840~1902) 1898년 1월 13일《여명L'AURORE》지에 〈나는 고발한다〉를 발표해 독일 간첩 누명을 쓰고 투옥된 드레퓌스 대위의 무죄를 주장했다.

르게나마 자신의 쟁기를 그릴 줄 아는 농부까지도 포함시킨다)는 중재인이나 접골사에 못지않은 존경과 대우를 받았다.

티에리는 아직 그림을 단 한 점도 팔지 못했다. 나 역시 글한 줄 못 썼다. 검약한 생활을 하는데도 우리가 가진 디나르는 눈에 띄게 줄어들었다. 나는 신문사 쪽에 일거리가 없는지 찾아다니다가 사이미크테의 이웃들 덕분에 겨우 몇 건 건졌다. 각 신문사 편집국에서 주는 돈은 몇 푼 안되었지만, 대신 가는 곳마다 마음에서 우러나는 후한 대접을 받았다. 거의 모든 편집국마다 그랜드피아노가 건반이 열린 채 놓여있거나(여기서는 음악을 향한 욕구가 생리적인 욕구만큼이나 절실하다는 듯 말이다), 아니면 구내식당에서 터키식 커피의 자극적인 향기를 맡으며 자유롭게 얘기를 나눌 수가 있어서 곧 마음이 편해졌다. 사전검열은 없었고 비정통적인 견해도 원칙적으로는 대부분 보도될 수 있었으나, 곧 제재가 뒤따랐다. 편집국장이 수상쩍은 냄새를 풍기는 건 뭐든지 다 만약의 경우에 대비해서 빼버리는 바람에 원고의 절반 이상이 쓰레기통 속으로 들어갔다. 책임자들은 우리에게 좋은 인상을 주기 위해 이따금씩 자신들에게 허용된 자유를 무의식적으로 과대평가해서 말했다.

"부비에 씨네 나라 여성들에게는 투표권이 없지요. 그걸 주제로 해서 한 꼭지만 써주세요. 부비에 씨의 느낌을 써주시면 됩니다. 견해를 분명하게 밝혀서요."

나는 그것에 관한 확고한 견해를 갖고 있지 않았다. 그럼에
도 작금의 상황은 바람직한 것이라고 썼다. 그건 아마도 유고슬
라비아에서 몇 주일을 보내다 보니, 여성들이 투쟁정신을 좀 덜
발휘하고, 대신 남을 즐겁게 하는 데 좀 더 신경쓰는 걸 보고 싶
어서였던 것 같다. 나는 심지어 라 퐁텐에게 도움을 청하기까지
했다. 제목은 〈우아優雅, 그것은 미美보다도 더 아름답다네〉였다.
숙녀들(그건 한 여성잡지에 싣기 위해 쓴 글이었다)은 물론 즐거워했
다. 그들 모두가 아름답지는 않았다. 하지만, 누구나 할 것 없이
다들 우아했다. 그러나 그들에게 필요한 건 문학이 아니었다.

여성 편집장이 다소 난처한 표정으로 말했다.

"우린 실컷 웃었어요. 하지만 노선으로 말하자면…… 뭐랄
까…… 경박하다고 해야 하나…… 문제가 생길 소지가 있어요."

그래서 나는 콩트 한 편을 써보겠노라고 제안했다.

"좋은 생각이에요. 왕자가 등장하지 않는 콩트를 써주세요."

"대신 악마를 등장시킬까요?"

"꼭 원하신다면…… 하지만 성인聖人은 안돼요. 저도 일자
리를 잃고 싶지는 않거든요."

그녀는 검은색 머리칼이 출렁거릴 만큼 큰 소리로 웃었다.

___

장 드 라 퐁텐(1621~1695) 프랑스의 시인이자 우화작가. 살롱과 문예 애호가들의 집을 드나들
며 자유로이 살았다고 전해진다.

베오그라드는 시골풍의 투박한 마력으로 유지된다. 물론 베오그라드가 시골이라는 이야기는 전혀 아니다. 다만 시골사람들이 물밀듯 밀려들어 도시를 통과하면서 신비롭게 만들어놓을 뿐이다. 이 도시에서는 부유한 말장수나 닳아서 해어진 조끼를 입은 웨이터 모습을 하고 나타난 악마가 계략을 부리거나 음모를 꾸미다가 놀랍도록 순진한 유고슬라비아 사람들에게 좌절해 지켜워하는 모습을 쉽게 상상할 수 있다. 오후 내내 나는 사바 강가를 어슬렁거리며 이런 주제로 이야기를 한 편 써보려고 애썼으나 성공하지 못했다. 원고마감 시간에 급히 맞추어야만 했기 때문에 나는 저녁 내내 악마는 등장하지 않는 짧은 우화를 타이프로 쳐서, 벽에 여기저기 금이 간 건물 7층에서 일하는 여성 편집장에게 곧바로 넘겨주러 갔다. 늦은 시각이었지만 그녀는 나를 들여보냈다. 그녀와 무슨 얘기를 나누었는지는 기억이 나지 않는다. 그녀가 굽 있는 슬리퍼를 신고 아주 예쁜 빨간색 실내복을 입고 있었다는 사실만 강한 인상으로 남아있다. 베오그라드에서는 이런 옷차림이 눈길을 끈다. 나는 그처럼 멋진 옷차림을 하고 있는 그녀에게 감사했다. 왜냐하면 내가 볼 때 결핍의 모든 양상 가운데서 가장 비참한 것인 인공 보철구만큼이나, 크고 값싼 구두, 튼 손, 색이 바래서 뿌옇게 변한 꽃무늬 옷감 등은 여성들을 추하게 만들기 때문이다. 이같은 맥락에서 볼 때 그 실내복은 가히 하나의 예외적인 승리라고 말할 수 있었다. 그 옷은 마치 휘날리는 깃발처럼 우리의 용기를 북돋아주었다. 나는 그처럼 멋진 옷을 입고 있는 그녀에게 축하의 말을 건네며 축배를 들고 싶었다. 우리는 거듭거듭 감사해하며 그녀와 헤어졌고, 그녀는 우리가 그러는 걸 보며 좀 놀라워하는 듯 보였다.

4000디나르. 베오그라드를 떠나기 전에 이 액수의 열 배는 더 벌어야만 한다. 하지만, 이 정도 돈만 있어도 우리는 원하던 대로 마케도니아에서 며칠 지낼 수 있다. 우리를 압도하기 시작하는 베오그라드에서 도망쳐 그곳에서 일을 할 수가 있는 것이다.

사바 강의 둑길, 작은 공장들, 가게 진열창에 이마를 갖다 붙이고 새로 산 큰 낫을 물끄러미 바라보고 있는 농부, 당黨을 상징하는 붉은 별이 다닥다닥 붙어있는 도시 북부의 흰색 빌딩들, 대형 회중시계가 달려있는 종탑, 멍한 눈길의 노동자들로 발 디딜 틈이 없는 저녁 전차에서 풍기는 진한 석유 냄새, 선술집 안쪽에서 흘러나오는 노랫소리…….

영원히 안녕, 내 사랑하는 여인이여,
시간이 쏜살같이 흘러가누나…….

먼지에 뒤덮인 베오그라드는 우리가 거기 익숙해지면 익숙해질수록 점점 더 우리 마음을 사로잡았다.

역사에 너무 짓눌리다 보니 겉모습에 신경을 쓰려야 쓸 수가 없었던 도시들이 있다. 요새화된 이 큰 마을은 유고슬라비아의 수도로 승격되면서 졸지에 모든 거리가 확장되어 오래된 것처럼 보이지도 않고 그렇다고 해서 현대적이지도 않은 행정 스타일로 바뀌어버렸다. 중앙우체국, 의회, 아카시나무가 죽 늘어서있는 가로수 길, 그리고 뇌물을 듬뿍 뿌린 땅 위에 처음으로 의회의원이 된 사람들의 호화저택이 우후죽순으로 솟아난 주택가. 모든 게 다 눈이 홱홱 돌아갈 정도로 너무나 다급하게 추진되는 바람에 베오그라드는 도시생활을 쾌적하게 만들어주는 그 세세하고 다양한 면모를 갖출 수가 없었다. 길거리는 사람들이 산다기보다는 사람들에게 점유된 것처럼 보였다. 사소한 사건도 좀처럼 일어나지 않았고, 한담을 나누는 소리도 잘 들려오지 않았으며, 우연한 만남도 거의 이뤄지지 않았다. 진정한 의미의 도시들이 사랑이나 명상을 위해 마련해놓는 그늘지고 은밀하고 후미진 장소도 찾아보기가 힘들었다. 소박하고 풍치 있는 물건들도 부르주아지 고객들과 함께 자취를 감추었다. 가게 진열창에는 꼭 장작더미를 부려놓은 것처럼 쏟아부어놓은 신발과 검은 비눗덩어리, 무게를 달아서 파는 못, 혹은 꼭 비료처럼 포장된 화장분 등 대충대충 만든 상품들이 진열되어 있을 뿐이었다.

전시회에 들렀다가 우리를 저녁식사에 초대한 외교관 덕분에 우리는 이 도시에서는 좀처럼 찾아보기 힘들게 된 고색古色을 드물게나마 재발견할 수 있었다. 일곱시경, 우리는 그날 치 먼지를 사바 강에 털어버리고 층계참에 걸린 거울 앞에 서서 서둘러 면도를 했다. 그리고 색 바랜 정장을 차려입고 즐거운 기분으로 크롬 도금된 수도꼭지와 작은 세숫비누가 있고 뜨거운 물이 나오는 고급주택가를 향해 어슬렁어슬렁 걸어가서 잠시 실례하겠다고 양해를 구한 다음 그동안 빨랫감으로 쌓인 손수건과 양말을 빨았다. 우리가 이 힘든 일을 끝내고 드디어 이마에 땀을 뻘뻘 흘리며 다시 나타나자 그 집 안주인이 어머니처럼 다정하게 물었다.

"왜, 속이 안 좋으세요? 아, 세르비아 음식이 원래……. 그걸 먹고 멀쩡한 사람은 본 적이 없답니다. 심지어는 우리도 말예요. 그래서 최근에……."

그러자 외교관께서 두 손을 저으며 덧붙였다.

"나도 그래서 고생했지요."

우리는 상태가 좋지 않은 도로라든지 무능한 정부 부처 등 간단히 말해서 우리와는 별로 상관없는 태만과 결핍을 질타하는 대화는 들은 척 만 척하고, 감미로운 향을 가진 코냑이라든지 무늬를 넣어 짠 식탁보, 안주인이 뿌리고 나온 향수에 전적인 관심을 기울였다.

여행자의 사회적 유동성은 그로 하여금 더 수월하게 객관적인 태도를 취할 수 있게 만든다. 우리가 머물던 교외를 벗어나 이렇게 다니다 보니 우리는 이 사회에 관해 처음으로 공정한 판단을 내릴 수가 있었다. 이 사회의 윤곽을, 즉 그것의 언어습관과 기벽奇癖, 그것의 유머, 그것의 즐거움, 그리고 (일단 시련을 견디고 난 뒤에는) 그것의 본성(그 어떤 토양에서도 피어날 수 있는 아주 희귀한 꽃이랄 수 있는)을 파악하기 위해서는 거기서 멀리 떨어져야만 한다. 이 사회는 활기를 잃어버렸다. 그리고 호기심도 부족하다. 더 탐욕스럽고 더 창의적이었던 앞 세대는 이 사회에 필요한 것을 이미 구석구석에 갖추어놓았다. 이 사회는 수준 높은 취향을 갖추고 있을 뿐 아니라 대개는 호의적이기까지 하다. 하지만 기본적으로 이 사회는 소비적이다. 그리고, 미덕이 분명히 유지되기는 한다. 하지만, 그 미덕은 꼭 가족들끼리 식사할 때만 사용되는 은그릇처럼, 오직 특별한 기회에만 발휘된다.

돌아와보니 우리가 살고 있는 건물이 그날 하루 종일 내리쬔 햇볕에 뜨겁게 달구어져 있었다. 문을 밀고 들어가는 순간 우리는 다시 현실로 돌아갔다. 침묵, 공간, 몇 가지 안되지만 우리에게는 매우 소중한 물건들. 여행의 미덕, 그것은 삶을 말끔히 비웠다가 다시 채워넣는 것이다.

새 이웃. 세르비아 출신 프랑스인인 아나스타세는 프랑스 몽파르나스에서의 삶이 너무 힘들게 느껴져 유고슬라비아로 돌아오는 쪽을 선택했다. 그는 이 건물에 사는 모든 사람들이 좀 유순한 성격이었으면 좋겠다고 마음속으로 바랐는데, 현실은 그렇지 않은 파리 출신의 애교 넘치는 아내와 함께 얼마 전에 이곳으로 이사를 왔다. 아나스타세는 세르비아어를 잘 할 줄 몰랐다. 사이미크테와 그 풍습에도 쉽게 적응하지 못했다. 그러자 그는 아무렇지 않다는 기색으로 일부러 강한 파리 억양을 쓰고 한층 더 건방지게 행동했다. 부르주아지로 보일까 봐 두려워했던 그는 꾀죄죄한 수영팬티를 절대 벗지 않았고, 게다가 그의 아내는 자기가 직접 짠 거친 삼베로 간소한 옷을 해입고 다녀서 이곳의 많은 사람들을 깜짝 놀라게 했다. 하지만 오래 가지는 못했다. 일주일 만에 파파다치(뇌염모기)에게 물리는 바람에 지금은 눈에 띄게 여윈 모습으로 침대에 누워있다. 그녀는, 무뚝뚝하지만 인정 많은 이웃들이 찾아가서 빙 둘러싸고 위로의 말을 건네자 펑펑 눈물을 쏟았다.

요컨대 아나스타세는 전혀 생각지도 못했던 좌절을 연이어 겪고 있었다. 심지어는 여자들까지도 그를 실의에 빠트렸다. 자기는 프랑스 사람이니까 웬만큼 잘못해도 별일 없으리라 확신한 그는 대담하게도 샤워 중인 건물관리인의 딸을 유혹하려 했다가 그녀에게 흠씬 두들겨 맞았다. 아나스타세는 원통하다는 듯 말했다.

"내가 그년 가랑이 사이에 손만 집어넣을 수 있었어 도……"

그러자 비평가 밀로반이 그를 비웃으며 말했다.

"자넨 너무 서둘러대는 바람에 실패한 거야, 아나스타세. 불쌍한 사람 같으니…… 프랑스인, 프랑스인이라…… 그 애는 틀림없이 뭔가 경이로운 것, 짧은 구애, 달콤한 고백, 끈질긴 유혹, 뭐 이런 걸 기대하고 있었을 거야. 그런데 자네는 다른 남자들이랑 다를 바 없이 그 자리에서 당장 그 짓거리를 하자며 덤벼든 거지 뭐!"

처음 몇 주일 동안 아나스타세는 발아래의 땅이 꺼져들어가는 것 같은 기분을 느꼈다. 모든 게 너무나 달랐다. 심지어는 정치까지도 말이다! 처음에 그는 바티칸을 맹렬하게 비난했다. 사람들에게 자기가 어떤 사람이라는 걸 보여주고 자신이 호의적이라는 걸 증명해 보이기 위해서였다. 하지만 아무런 반응도 불러일으키지 못했다. 왜 바티칸인가? 그 정도까지 그에게 요구한 건 아니었으므로 이 주제는 사이미크테에서 아무런 관심도 끌지 못했다. 베오그라드의 극좌파 언론계에는 이미 이런 종류의 글을 쓰고 돈을 받는 기자들이 있는데, 도대체 왜 그들이 할 일을 공짜로 대신 해준단 말인가? 그의 말을 듣고 있던 사람들이 놀랍다는 표정으로 쳐다보자 아나스타세는 열변을 중단하더니 얌전하게 입을 다물고 술잔을 집어들었다. 세르비아인들은 큰 혼란에 빠진 사람과 외로운 사람을 단번에 알아본다. 그리고 그 즉시 술병과 멍이 든 작은 배 몇 개를 들고 다정하게 다가온다.

아나스타세 역시 우리처럼 이 관대한 성향의 혜택을 입었다. 밀로반, 화가 블라다, 그리고 세르비아화가협회 사람들은 그가 물에 빠지지 않도록 형제처럼 붙잡아주었다. 자기가 어떤 부류의 사람을 만났는지 깨닫자 그는 미친 듯이 감사하며 그들 품에 덥석 안겼다. 지금은 프랑스에서 가져온 커피를 무슨 수를 써서라도 나눠주고 싶어한다. 김이 모락모락 나는 쟁반을 들고 복도를 지나가는 그의 모습이 눈에 띄곤 했다. 사람들이랑 잘 지내보고 싶은 것이었다. 결국 그의 생각은 딱 들어맞았다. 커피는 귀했고, 아나스타세는 커피를 기가 막히게 잘 끓였다. 사람들은 그를 좋아하게 되었다. 삶은 이처럼 단순하다.

우체국 뒤에 숨어있는 자그마한 동방정교회에서 금요 미사를 올렸다. 해바라기 몇 그루가 벌레 먹은 말뚝울타리에 몸을 의지하고 있었고, 밀짚을 속에 집어넣은 토끼 가죽이 성기실聖器室 벽에 걸려있었다. 교회 안에서는 먼지투성이 샌들을 신은 할머니 십여 명이 칸막이 뒤에서 성가를 부르고 있었다. 모래가 담긴 양동이에 꽂아놓은 초 두 개가 제단을 희미하게 밝혀주었다. 은

은하면서도 고풍스러웠다. 어두운 데다가 할머니들이 가냘픈 목소리로 흠흠 거려서 그런지 미사의례는 가슴 저릴 만큼 비현실적인 분위기를 풍겼다. 별로 꼼꼼하지 않는 어떤 연출가가 방금 전에 의례를 재연출한 것 같은 느낌이었다. 교회는 꼭 죽어가는 사람처럼 보였다. 적응 못하고 고통 속에서 임종을 맞이하는 모습이었다. 교회는 세르비아 왕국을 구성한 일부였지만, 레지스탕스 활동가들을 지원한 덕분에 박해는 당하지 않았다. 하지만, 공산당으로 말하자면, 교회를 폐쇄하지는 않았지만 그렇다고 해서 도움을 주지도 않았다. 그리고 열심히 미사만 올린다고 해서 교회가 발전하는 것은 아니었다.

어쨌든 죽은 사람들에게는 교회가 해를 끼칠지도 모른다는 두려움을 불러일으키지 않았고, 그래서 그들 사이에서는 번영할 수가 있었다. 가족들은 베오그라드 공동묘지를 찾아와서 붉은 별이 달린 빨치산의 무덤 위에 자주색 구슬로 만든 작은 십자가를 올려놓거나, 아니면 일요일에는, 쓰러져도 꺼지지 않는 작은 초에 불을 붙였다. 표장標章들 간의 경쟁은 이곳에서까지 소리 없이 계속되었다. 당黨의 표장은 어디를 가나 붙어있지 않는 곳이 없어서 말뚝울타리와 가게 입구는 물론이고, 향료가 든 빵에 도장처럼 찍혀 있기도 했으며, 심지어는 인근 당 지부에서 보스니의 벽촌까지 찾아와서 이슬람 사원 맞은편에 '동지의 개선

문'을 세우기도 했다. 두꺼운 마분지로 만든 이 거대한 모조품은 처음에는 빛깔도 선명하여 그럴듯해 보였지만 금세 얼룩이 지면서 볼품없이 변했다. 일주일가량 지나자 농부들은 짐수레를 이 개선문의 받침대에 갖다댄 다음 그걸 조심스럽게 잘라내어 집으로 가져갔다. 그리고 집안의 부서진 타일을 들어내고 대신 그 마분지를 끼워넣었다. 이글거리는 태양 아래서 거기 칠해놓은 니스가 녹아내리면 이 꼴사나운 토템은 마치 제대로 접붙여지지 않은 나무처럼 시들시들해졌다.

인민들을 잘 알고 있다고 공언하는 혁명 세력이 인민들의 감수성은 싹 무시하고 혁명 이전보다 훨씬 더 단순한 슬로건과 상징을 동원해서 선전활동을 벌이다니, 참으로 이해 못할 일이었다. 하기야, 탁월했던 인물들이 불을 붙인 프랑스 혁명도 얼마 지나지 않아 '비달(雨月)'과 '10일째 휴일' '이성의 여신'(샹드마르스에서 치러진 의식에서 한 창녀가 이 여신을 의인화하기 위해 뽑혔다 – 글쓴이 주)이 등장하는 로마공화국의 어리석은 모방으로 변질되

비달 프랑스 혁명력의 5월. 혁명력은 프랑스 혁명기인 1793년부터 1805년까지 사용되었다. 평등정신에 입각하여 각 달은 30일로 구성하고 십진법에 따라 10일째마다 휴일을 넣었다. 하루도 10시간으로 재구성했다. 한 해의 시작을 추분(9월 22일)으로 잡아서 이때부터 1월이 시작되었는데, 1월은 포도달, 2월은 안개달, 3월은 서리달, 4월은 눈달, 5월은 비달(1월 21일~2월 19일), 6월은 바람달, 7월은 싹달, 8월은 꽃달, 9월은 풀달, 10월은 수확달, 11월은 열熱달, 12월은 열매달이었다.

이성의 여신 프랑스 혁명 당시 국민공회는 기독교 폐지를 선언하고 '이성 숭배'를 도입하여 창녀 중에서 이성의 여신을 뽑는 의식을 치렀다. 샹드마르스 거리는 혁명 동안 대대적인 집회가 벌어졌던 곳이다.

고 말았다. 밀로반의 따뜻하고 사려 깊은 사회주의가 스피커와 허리띠, 무법자를 가득 태우고 파헤쳐진 포장도로 위에서 튀어 오르는 메르세데스 자동차 같은 당의 기계들(이미 이상할 정도로 유행에 뒤졌으며, 연극의 마지막 장에서 죽은 신이나 진짜처럼 그려진 구름을 천장에서 무대 안으로 끌어내리는 데 쓰는 육중한 무대 장치만큼이나 제멋대로 움직이는)로 넘어갈 때도 똑같은 전락(轉落)이 이루어진 것이다.

사이미크테에서는 그 누구도 옛날 얘기를 하지 않았다. 어디서 살았던지 간에 다들 힘든 시간을 보냈으리라는 건 분명했다. 마치 기억력이 흐릿한 늙은 말처럼, 이 구역의 몇 명 되지 않는 주민들은 이같은 망각으로부터 다시 살아나갈 용기를 꺼집어냈다.

베오그라드의 영향력 있는 인물들은 과거에 관해 침묵을 지켰다. 마치 그게 너무나 많은 사람을 법정으로 끌어낸 수상쩍은 노인이라도 된다는 듯 말이다. 그렇지만 베오그라드에는 영광스런 세르비아 역사, 크로아티아와 몬테네그로의 연대기, 권모술수를 쓰는 주교와 제후들이 시도때도없이 등장하는 마케도니아의 서사적 이야기, 음모를 꾸미는 문헌학자, 흠으로 뒤덮인 나팔총을 든 빨치산들이 존재했다. 감탄할 만하기는 하지만 왠지 뒤가 구린 일(터키나 오스트리아의 적들이 잠깐 휴식을 취하는 틈을

이용하여 공격하는 등의)을 했기 때문에, 마치 오랫동안 삶아서 쓴 맛을 제거해야만 하는 고기처럼 아직은 사람들 앞에 나설 수 없는 인물도 있다. 아직 봉인되어 있는 이 유산을 되찾으려고 기다리는 동안, 공식적인 역사가 나치 침공과 함께 시작되었다. 2만 명에 달하는 사망자를 낸 베오그라드 폭격, 빨치산, 티토의 봉기, 내전, 혁명, 코민포름과의 불화, 그리고 민족주의의 발흥이 8년이 채 안되는 기간에 차례차례 일어났다. 짧은 시간에 일어난 이 일련의 격렬한 사건들로부터 민족주의 감정에 불을 붙이는 데 필요한 모든 전설과 단어, 신화가 만들어졌다. 이 시기의 영웅과 희생자의 수는 이 나라의 모든 길거리에 그들의 이름을 붙일 수 있을 만큼 많았다. 하지만, 빨치산만큼 서로 비슷해 보이는 사람들은 없었으므로 레지스탕스운동을 이처럼 빈번하게 언급하자, 세르비아 사람들은 참다못해 결국 구역질을 일으키고 말았다. 우리를 깊이 매혹시키는 자질들을 세르비아인들은 1941년이 채 되기도 전에 이미 다 갖추고 있었으므로 더더욱 그러했다.

밀로반 질라스(1911~1995) 티토와 함께 반나치스 운동, 공산주의 운동을 주도했다. 티토와 가장 가까웠던 동료였고 부통령에까지 올랐으나, 나중에 공산주의를 비판하며 반체제 인사가 된다.
코민포름 공산당의 국제 연대를 강화하기 위해 창설된 국제공산주의 기구. 유고슬라비아 공산당은 코민포름을 가장 열렬히 지지하여 한때 수도 베오그라드는 코민포름 본부의 소재지였다. 그러나 티토의 민족주의로 소련과의 긴장이 고조되자 유고슬라비아 공산당은 코민포름에서 제명되었다.
1941년 독일의 침공으로 항독일 레지스탕스운동이 본격 시작된 해.

잘려나간 이 과거가 그리워질 때는 《프랑스어-세르비아어 회화집》만 펼치면 지나간 세계 속으로 곧장 되돌아갈 수가 있다.

이번 기회에 이 여행자용 개설서를 힐끗어보기로 하겠다. 나는 한결같이 아무 도움도 못 주는 책을 여러 권 갖고 여행했지만 그래도 어느 것이든 마그나스코 교수가 1907년 제노바에서 펴낸 이 《프랑스어-세르비아어 회화집》보다는 나았던 것 같다. 이것은 기가 턱 하고 막힐 만큼 시대착오적인 데다가, 호텔 생활을 꿈꾸는 저자가 자기 집 부엌에서 단 한 발자국도 움직이지 않고 상상해낸 우스꽝스런 대화로 가득 찬 책이다. 목이 긴 장화와 눈곱만큼 주는 팁, 승마 코트, 그리고 불필요한 소견의 연속에 불과한 것이다. 한번 써먹어야겠다 생각해서(작업복을 입은 노동자들과 빡빡머리들이 모인 사바 강변의 한 이발소에서였다) 처음으로 이 책을 펼쳤더니 이런 문장이 튀어나왔다.

"수염에 밀랍을 입혀야 하나요?"

책에는 질문에는 곧바로 이렇게 대답해야 한다고 쓰여 있었다.

"아이고, 무슨 소릴! 그런 유행은 멋쟁이 도련님들이나 즐기라고 해요."

과거의 흔적을 더듬으려면 이 책 정도로도 썩 괜찮지만, 베오그라드 박물관에 전시된 놀라운 유물들은 역사 연구를 위한 또 다른 자료를 풍부하게 보여주었다. 사실대로 말하자면, 우선은 늙은 조각가 메슈트로비치의 작품이 전시된 방을 가로질러 가면서 즐거움의 대가를 치러야 했다. 주제로 보나, 포즈로 보나 모두가 영웅을 묘사한 작품들이었다. 고뇌, 희망, 감정 폭발. 이 겹살과 양배추만 먹어서 미켈란젤로의 작품처럼 근육이 잘 발달된 조각상들은 관자놀이까지 팽팽하게 긴장되어 있었다. 이 장사들이 사고라는 걸 못하게 가로막는 그 작은 핵을 배출시키려는 듯 그렇게.

하지만 그곳을 지나자 깜짝 놀랄 만한 작품들을 볼 수가 있었다. 로마제국 하드리아누스 황제 시대의 흉상들(집정관, 메시아나 일리리아의 장관)이 경이로운 존재를 드러낸 것이다. 과장되고 무표정한 고전주의풍의 조각상들이 이렇게까지 격정적일 수 있다니. 로마인의 까다로운 엄밀함과 신랄함, 견유적 태도가 이미지와 생명력을 추구하는 과정에서 경탄스러운 작품을 만들어냈다. 늙고 교활하며 꼭 수고양이처럼 기운이 팔팔한 행정관 열두어 명은 꿀색깔의 빛에 잠겨 침묵 속에서 서로의 얼굴을 뚫어지게 응시하고 있었다. 고집스러워 보이는 이마, 빈정거리는 듯한 눈가의 잔주름, 방탕아 특유의 앞으로 내민 두꺼운 아랫입술. 그

하드리아누스 황제(재위 117~138) 로마의 13대 황제. 그의 재위 동안 로마제국은 파르티아로부터 아르메니아, 메소포타미아, 페르시아 만까지 진출하여 역사상 가장 넓은 영토를 가졌다.

들은, 마치 외국의 언덕에 머무르다 보니 겉치레의 무거운 짐으로부터 영원히 해방되기라도 한 듯, 병과 교활함, 탐욕을 터무니없을 만큼 뻔뻔하게 과시하고 있었다. 그렇지만 도나우 강의 국경에서 얻은 상처자국과 칼자국에도 불구하고 그들의 얼굴은 전체적으로 평온해 보였다. 틀림없이 탐욕스럽게 매달려야 했을 삶의 굴곡과 타협한 것일까. 또한 남부 세르비아에서 발견된 미트라교의 제단들은 그들이 이 싸움에서 초자연적인 것을 자기편으로 끌어들이기 위해서 어느 것 하나도 간과하지 않았다는 것을 보여주었다.

박물관을 나와서 우리는 햇빛 비치는 길거리와 수박 향기, 말을 어린아이의 이름으로 부르는 큰 시장을 거쳐, 두 개의 넓은 강 사이에 집들이 여기저기 무질서하게 흩어져 있는 마을로, 지금은 베오그라드라고 불리는, 아주 오래된 야영지로 되돌아갔다.

밤이 되면 나는 내게 절실히 필요한 고독의 순간을 비축하기 위해 혼자서 여기저기 배회했다. 수첩을 겨드랑이에 끼고 강을 건너서 어두컴컴하고 인적 없는 네만지나Nemanjina 거리를 거슬러 모스타르까지 걸어갔는데, 꼭 기선처럼 환히 밝혀진 평화로운 분위기의 카페에서는 보스니아 출신들이 모두 한데 모여 그들의 멋진 아코디언 음악을 듣고 있었다. 내가 자리에 앉자마자 주인이 보라색 잉크가 든 잉크병과 녹슨 펜을 가져다주었다. 그리고 이따금씩 내게 다가와 작업이 잘 진행되어가고 있는지 어깨 너머로 들여다보았다. 앉은 자리에서 한 페이지를 채울 수 있다는 게 감탄스럽게 느껴지는 모양이었다. 나 역시 그랬다. 삶이 너무나 유쾌해진 이후로는 정신을 집중시키기가 힘들어졌다. 몇 가지 메모를 하고, 기억할 수 있는 건 기억하고, 주위를 둘러보았다.

농사를 짓는 이슬람교도 아낙이 양파 바구니 사이에 있는 긴 의자에서 코를 골며 자고 있었다. 얼굴이 얽은 트럭 운전수, 잔을 앞에 두고 꼿꼿한 자세로 이쑤시개를 만지작거리거나 펄쩍 뛰어 일어나서 담뱃불을 붙여주며 대화를 하려고 애쓰는 장교도 있었다. 그리고 매일 밤, 문 옆 탁자에서는 젊은 매춘부 네 명이 수박씨를 잘근잘근 씹으며 열정적인 아르페지오로 아코디언 주자가 새로 산 악기를 어르는 소리에 귀를 기울였다. 근처 둑에서 영업을 하고 온 날이면 그들의 매끈하고 예쁜 구릿빛 무릎에 흙이 살짝 묻어있기도 했고, 툭 튀어나온 광대뼈에서는 피가 빠르게 맥박쳤다. 그들은 순식간에 잠에 곯아떨어졌고, 잠이 들면 놀라울 정도로 어려 보였다. 그들이 이따금씩 규칙적으로 숨을 내쉴 때마다 자주색이나 초록색 면직 옷에 덮인 옆구리가 들어올려지곤 했다. 몸을 부르르 떨거나 듣기 거북한 소리로 마른기침을 하다가 갑자기 톱밥 속에 침을 뱉는 그들의 거칠고 요란한 매너가 오히려 아름다워 보였다.

    돌아오는 길에는 다리를 지키는 보초가 가끔씩 시비를 걸어왔다. 그는 우리가 누군지 뻔히 알고 있었다. 그러면서도 우리가 긴장하지 않는 걸 보고 기분이 상해서 자신이 쓸 수 있는 유일한 방법으로 복수를 했다. 그게 뭔가 하면, 지나가는 사람을 붙잡고 시간을 지체시키는 것이었다. 그는 박박 깎은 머리를 좌우로 흔들고 마늘과 라키(아니스 향을 지닌 터키 전통주 – 옮긴이 주) 냄새를 풍기며 상상 속에서만 존재하는 통행증을 보여달라고 요구했다. 우리는 외국인 여권을 가지고 있어서 별다른 어려움 없이 다리를 건널 수 있었지만, 그의 화는 여전히 가라앉지 않아서, 얼근히 취해 우리보다 훨씬 나중에 다리를 건너는 블라다가 거의 항상 그 후유증을 감당해야만 했다. 자기가 블라다가 아니라면, 여기서 태어나지 않았다면 걸작을 그릴 수도 있을 텐데, 라고 생각하며 어린 소년처럼 이쪽 버팀목에서 저쪽 버팀목으로 건너뛰던 블라다는…… 보초의 목소리에 느닷없이 냉철한 현실로 돌아오곤 했다. 그들 두 사람 다 화가 나있었고, 이따금씩 그들이 싸우는 소리가 아틀리에까지 메아리쳐 들려왔다.
    "벌금 500디나르!"
    병사가 째지는 목소리로 이렇게 소리치면 블라다도 고집스런 목소리로 벌금을 내느니 차라리 어머니 뱃속으로 다시 돌아가겠다고 즉각 맞받아쳤다. 거기서 보초가 물러나기에는 세상이 너무 험악한 곳이었다. 그가 더 크게 소리쳤다.

"5000디나르!"

깊은 침묵이 이어졌고, 술이 깬 블라디는 높이 자란 풀을 헤치고 발을 질질 끌면서 집으로 돌아와 우리 아틀리에 문을 살며시 두드렸다. 그는 자신의 급한 성격을 저주했다. 매달 버는 돈으로 5000디나르나 되는 벌금을 도저히 낼 수가 없었다. 그러니 다음 날 초소로 찾아가서 사과를 하고, 바보처럼 굴고, 농부 특유의 약은 꾀를 발휘하고, 주머니 속에 든 자두술 한 병을 선물해서 일을 해결해야만 하리라.

우리는 겨우 그를 위로했지만, 그런 날 밤이면 도시가 우리를 무겁게 짓눌렀다. 할 수만 있다면 그 지역의 다 낡아빠진 집들과 민병대원들이 내뿜는 악취, 일부의 비극적인 적빈赤貧과 또 다른 일부의 지나친 우유부단함을 손등으로 모조리 쓸어버리고 싶었다. 우리는 행복에 가득 찬 눈길과 깨끗한 손톱, 품위, 그리고 질 좋은 내의가 불현듯 필요했다. 티에리는 에나멜 머그잔에 스텐실 기법으로 왕관을 두 개 그렸고, 우리는 그걸로 건배를 했다. 우리가 반역을 도모할 수 있는 방법은 그것밖에 없었다. 그렇게 해서 우리는 왕이 되었다.

바치카[5]

전시회가 막을 내렸다. 이제 우리 수중에는 이 나라 북쪽으로의 여행을 계획할 수 있을 만큼 충분한 돈이 있다. 세르비아화가협회의 젊은 화가이자 친구인 밀레타가 통역 노릇을 자청하며 우리를 부추겼다. 만일 집시들의 음악을 녹음하고 싶다면 반드시 이 지역을 찾아가야 한다는 것이었다.

오늘날 유고슬라비아의 시골에는 약 10만 명의 집시들이 살고 있다. 옛날보다는 줄어든 숫자다. 많은 집시들이 전쟁 당시 독일군에게 학살당하거나 강제 송환되었다. 또 많은 집시들은 말과 곰, 솥을 끌고 니스나 수보티차 교외의 빈민가로 가서 도시인이 되었다. 그렇기는 하지만 헝가리 국경을 따라 이어지는 고장 깊숙한 곳에는 아직도 집시 마을이 드문드문 숨어있다. 진흙과 짚으로 지은 이 마을의 집들은 꼭 무슨 마술을 부리듯 나타났다가 사라지기를 되풀이한다. 주민들은 문득 살고 있던 마을이 싫증나면 그곳을 버리고 더 황량한 다른 곳으로 가서 정착했다. 하지만 베오그라드 사람들은 그 누구도 그게 어디라고 당신에게 정확히 얘기해줄 수가 없다.

8월의 어느 날 오후, 베오그라드에서 부다페스트로 이어지는 대로에 있는 술집 주인이 이 유령 마을 중 한 곳의 이름을 우리에게 가르쳐주었다. 바치카 지방의 보고이에보라는[6] 마을인데, 헝가리와의 국경의 남쪽이며 우리가 백포도주를 홀짝거리고 있는 나무그늘에서 수백 킬로미터 떨어진 곳이었다. 우리는 잔을 마저 비운 다음 보고이에보로 이어지는 도로로 접어들었다. 여름이 끝나가고 서서히 가을이 다가오고 있었으며, 마지막까지 남아있는 황새들이 들판 위를 빙빙 날아다녔다.

바치카로 이어지는 길은 흰족제비와 거위를 치는 여자들, 먼지를 뒤집어쓴 짐수레들의 것이었고, 발칸 반도에서 가장 상태가 나빴다. 그건 곧 전쟁이 그곳을 할퀴고 지나가지 않았다는 뜻일 테니 되레 잘된 일이었고, 이런 풍경에서 벗어나고 싶지 않았던 우리들로서도 역시 잘된 일이랄 수 있었다. 말들이 풀밭에서 풀을 뜯고 목초지가 끝없이 펼쳐진 지평선 여기저기에는 마치 구멍이 뚫린 듯 호두나무가 한 그루씩 외롭게 서있거나, 아니면 추가 달린 수직갱도의 안테나가 눈에 띄었다. 이 지역에서는 헝가리어를 쓴다. 이곳의 아름다운 여성들은 일요일이면 화려하면서도 왠지 우수가 풍기는 의상을 착용한다. 키가 작고 말이 많고 호의적인 남자들은 덮개가 달린 얇은 파이프 담배를 피우며, 아직까지도 은으로 만든 버클이 달린 구두를 신고 미사에 나간다. 분위기는 변덕스럽고 구슬프다. 겨우 한나절을 보냈는데

바치카 도나우 강과 티서 강으로 둘러싸인 헝가리 남쪽과 세르비아 북쪽의 평원지대를 이른다. 세르비아 쪽 바치카는 현재 '보이보디나'라고 불린다.
오늘날 여행하던 당시.
수보티차 헝가리와 국경을 접하는 세르비아 북쪽 끝의 도시. 베오그라드에서 부다페스트로 가는 기차의 중간 지점이기도 하다.**트라빈스키**(1882~1971) 발레곡 〈불새〉 〈봄의 제전〉 〈페트류슈카〉 등의 작곡가.

벌써 마술에 걸린 것 같다.

　　우리가 보고이에보에 도착했을 때는 이미 밤이었다. 침묵에 잠겨 있는 이 부유한 마을은 최근에 석회를 바른 거대한 성당 주변에 펼쳐져 있었다. 당구 경기가 다 끝나간다는 시끌벅적한 소리가 흘러나오는 술집 말고는 불이 한 군데도 켜져 있지 않았다. 술집 안에서는 검은색 정장을 입은 농부 세 사람이 아무 말 없이 당구 경기에 열중하고 있었으며, 그들의 그림자가 흰 벽 위에 확대되어 춤을 추듯 흔들거렸다. 십자가와 마주하고 있는 벽의 카운터 위에는 레닌의 옛날 초상화(큰 나비넥타이를 맨)가 매달려있었다. 안에 털을 댄 외투 차림의 목동 한 사람만 식탁에 앉아 수프에 빵을 적시는 중이었다. 전체적으로 매우 독특한 분위기였으나, 집시들의 흔적은 찾아볼 수가 없었다. 우리는 보고이에보를 착각한 것이었다. 농민들이 사는 보고이에보와 집시들이 사는 보고이에보가 있었다. 한쪽은 라뮈, 또 한쪽은 스트라빈스키라고 할 수 있는 이 두 마을은 사이가 그다지 좋지 않았다. 우리가 문턱에서 물어보자 당구를 치던 세 사람이, 총을 쏘면 맞힐 수도 있을 만큼 가까운 곳에서 반짝거리고 있는 도나우 강 굽이를 대충 가리켰다. 그들은 우리가 마을을 혼동하는 걸 보고 모욕감을 느꼈을지도 몰랐다. 우리는 만약의 경우에 대비해서, 방을 하나 예약해놓고 다시 길을 떠났다.

강둑 뒤에 자리잡은 집시들의 보고이에보는 이미 잠들었지만, 이 야영지에서 몇 킬로미터 떨어져 있는 부서진 다리 주변, 메꽃으로 뒤덮인 오두막집에서 우리는 뜻밖에도 밤새도록 술 마시고 노래 부르는 사람들을 몇 명 만나게 되었다. 석유등을 켜 놓은 부엌 쪽에서 야하면서도 경쾌한 분위기의 음악이 흘러나오고 있었다. 우리는 타일 바닥에서 서로 몸을 밀쳐대며 안을 들여다보았다. 낚시꾼은 석유등 근처에서 장어의 배를 따는 중이었고, 병사는 신발을 신지 않은 뚱뚱한 시골 여자를 품에 안고 빙빙 돌고 있었다. 절반가량 비운 1리터짜리 술병들이 빼곡하게 놓인 식탁 뒤에서는 40대로 보이는 집시 남자 다섯 명과, 더럽고 교활해 보이는 누더기 차림의 집시 여자 다섯 명이 여기저기 수선한 악기를 연주하며 노래를 부르고 있었다. 광대뼈가 툭 튀어나온 얼굴, 목까지 내려올 만큼 길고 곧은 머리칼. 아시아인처럼 생겼지만, 그 얼굴에는 유럽에 있는 모든 샛길의 흔적이 조금씩 배어있었으며, 그들이 쓰고 있는 좀먹은 펠트모자 속에는 행운의 클로버 에이스와 자유의 열쇠가 감추어져 있었다. 집에서 집시를 만난다는 건 정말 드문 일이다. 이번에는 대만족이다. 제대로 찾아온 것이다.

샤를 페르디낭 라뮈(1878~1947) 농민들의 감정을 잘 묘사한 스위스 작가. 스트라빈스키의 발레음악 〈병사의 이야기〉의 대본을 썼다.
이고르 스트라빈스키(1882~1971) 발레곡 〈불새〉〈봄의 제전〉〈페트류슈카〉 등의 작곡가.

우리가 문 앞에 나타나자 음악이 뚝 그쳤다. 악기를 내려놓고 우리를 뚫어지게 응시하는 표정은 한편으로는 놀라고 또 한편으로는 경계하는 모습이었다. 우리는 늘 같은 생활의 연속인 이 시골에 느닷없이 나타난 이방인들이었다. 그러므로 우리가 어떤 사람들인가를 밝혀야만 했다. 우리가 식탁에 앉자마자 포도주와 훈제 생선, 담배가 새로이 나왔다. 병사가 여자를 데리고 사라지자 사람들은 우리가 여기저기 떠돌아다니는 사람들이라는 걸 눈치채고 긴장을 풀며 다시 우아한 동작으로 음식을 먹기 시작하였다. 우리는 술잔이 도는 사이사이 말을 했다. 밀레타에게 프랑스어로 말을 하면, 밀레타는 술집 주인에게 세르비아어로 말하고, 술집 주인은 그걸 다시 헝가리어로 집시들에게 통역하는 식이었다. 그 반대도 마찬가지였다. 분위기가 다시 화기애애해졌다. 내가 녹음기를 작동시키자 음악이 다시 시작되었다.

대체로 집시들은 헝가리에서는 차르다시, 마케도니아에서는 오로스, 세르비아에서는 콜로, 하는 식으로 자기들이 사는 지역의 민요를 연주한다. 이들은 자기가 사는 지역 사람들에게서 이것저것 빌려 쓰는데, 그들이 빌렸다가 다시 돌려주는 건 아마 음악밖에 없을 것이다. 물론 진짜 집시음악이 존재한다. 하지만 집시들이 웬만해서는 부르지 않기 때문에 그걸 듣기란 결코 쉬운 일이 아니다. 그렇지만 그곳은 집시들의 소굴이었고, 그들은 악기도 자신들이 직접 만든 걸 가지고 있었다. 그곳에서 집시들은 자기들만의 음악을 연주했다. 도시에 사는 그들의 사촌이 벌써 잊어버린 오래된 애가哀歌를. 좀도둑과 작은 행운과 겨울의 달과 푹 꺼진 배 …… 일상생활의 우여곡절을 루마니아어로 이야기하는 거칠고 격앙되고 울부짖는 듯한 노래들을.

갈색 더벅머리 유대인 사내가
붉은 수탉도 훔치고 오리도 훔치네
머리를 살짝 말아올린 유대인이
모퉁이에서 오리를 훔치네

그대는 오리 다리털을 뽑네
어머니 잡수시라고
붉은 장미의 심장보다 더 부드러운 다리털을
올라 야노스! 올라…….

Jido helku peru rošu
Fure racca šiku košu
Jido helku peru kreč
Fure racca denkučec
Jano ule! Jano ule!
Supileču pupi šore...

우리는 노래를 듣고 있었다. 야노스가 다리털이 뽑힌 오리를 들고 모습을 감추고 바이올린을 요란하게 연주하며 도망치는 이 유대인 사내의 동작에 집시들이 박자를 맞추는 동안, 어느 오래된 세계가 어둠 속에서 모습을 드러냈다. 어둠에 잠긴 시골. 붉은색과 푸른색. 맛 좋고 교활한 동물들이 득실거리는 세계. 모피로 안을 댄 외투 차림의 랍비, 넝마를 걸친 집시 남자, 수염이 두 갈래로 갈라진 그리스정교회 사제가 사모바르 주전자를 가운데 놓고 돌아가면서 각자 자기 이야기를 하는 오두막집과 개자리(콩과의 두해살이풀 – 옮긴이 주), 그리고 눈(雪)으로 이루어진 세상. 크게 티 내지 않고 자연스럽게 자신들의 관점을 교환하고, 방랑자들의 명랑함에서 날아가는 활쏘기로 아무 예고 없이 씨익 소리를 내며 옮겨갈 수 있는 그런 세상……

하지만 모두들 내게 말했다네. 옆집 사는 처녀한테 장가가라고…….

새색시가 다른 남자랑 도망쳤던 것일까? 그녀가 기대와는 달리 처녀가 아니었던 것일까? 스토리는 별로 중요하지 않다. 그들은 문득 슬퍼지고 싶었던 것뿐이다. 주제야 뭘 택하든 상관없는 것이다. 그들은 담배를 몇 대 피우고 나서 영혼을 혼란에 빠트리는 단순한 즐거움을 위해 구슬픈 바이올린 소리를 냈다.

하지만 우울한 분위기는 잠시뿐이었다. 잠시 후, 우리가 (녹음을 하려는 목적에서) 동료들 뒤편에서 기다리고 있으라고 시켰던 더욱 열정적인 집시 두명이 느닷없이 맹렬한 속도로 연주를 시작했던 것이다. 우리는 그들이 다시 밝고 명랑한 스타일의 음악을 연주할까 봐 우려했었는데, 우리가 떠나려는 순간, 정말 그런 일이 벌어진 것이다. 두 명의 집시는, 주먹을 눈에 갖다대고 한쪽 구석에서 연신 하품을 해대던 낚시꾼과 술집 주인이야 뭐라고 하든 말든 상관하지 않았다.

대미사를 알리는 종소리가 울려퍼져 우리를 깨웠을 때는 이미 늦은 시간이었다. 비둘기들이 여관 마당에서 모이를 쪼고 있었고, 해는 중천에 떠있었다. 깃발을 온몸에 두르고 광장에서 교회로 향하는 여인들을 바라보며, 황금색 테두리가 그려진 큼지막한 흰색 주발에 카페오레를 마셨다. 그들은 굽이 편평한 구두, 긴 흰색 양말, 속에 입은 레이스 페티코트 때문에 꽃부리 모양으로 부풀어오른 수놓인 치마, 끈으로 졸라맨 코르셋 차림이었으며, 틀어올린 머리 꼭대기에서 물결치는 듯한 리본들을 작은 모자로 고정시켰다. 다들 아름답고 날씬하고 호리호리했다.

여관 주인이 속삭이듯 말했다.

"허리를 어찌나 단단히 졸라매는지 일요일만 되면 거양성체 의식을 올리기도 전에 두세 명씩 기절한다니까요, 글쎄!"

그가 목소리를 낮추어 말했다. 정말이지, 여자에 관해 이렇게 은밀한 어조로 말하기 위해서는 시골의 문명이 꽃을 피워야만 한다. 볕에 피부가 탄 처녀들과 막 풀을 먹인 리넨 제품, 풀을 뜯고 있는 말들. 밀가루 반죽에서 누룩 역할을 하는 집시들이 근처에 사는 농민들의 보고이에보에는 즐길 만한 게 많았다.

정오경 다리 주변의 오두막집으로 돌아가 보니 그 전날 밤의 대가大家 중 두 명이 우리를 집시들이 사는 야영지로 데려가기 위해 기다리고 있었다. 그들은 탁자에 앉아서, 마치 모래무지처럼 기운차게 늙은 헝가리 출신 농부에게 말을 팔려고 애쓰고 있었다. 녹음기를 틀어 그들이 전날 밤에 녹음했던 노래를 들려주었다. 훌륭했다. 처음에는 머뭇거리던 목소리가 금방 목청이 트이면서 도저히 저항할 수 없을 만큼 쾌활하고 투박한 노호怒號로 바뀌었다. 그들은 가늘고 뾰족한 얼굴에 미소를 띠고 만족스러운 듯 두 눈을 감고 귀를 기울였다. 탁자 끝에 앉아있던 헝가리 출신 노인의 얼굴이 환하게 빛나기 시작했다. 녹음기, 그리고 우리의 존재가 그에게 친숙한 이 음악을 새로운 마음으로 재발견하게 만든 것이었다. 녹음기가 다 돌아가자 그는 자리에서 일어나더니 주변에 있던 모든 사람에게 여유있는 태도로 자기소개를 했다. 그도 헝가리 노래를 부르고 싶어했다. 경쟁을 한번 해보시겠다는 듯이 장갑을 집어들었다. 테이프를 다 쓰지 않았나? 그건 전혀 문제가 되지 않았다. 그가 원하는 건 그냥 노래를 부르는 것뿐이었다. 그는 목 단추를 풀더니 두 손을 모자 위에 올리고 큰 소리로 한 곡조 뽑기 시작했다. 어떻게 전개될지 전혀 예측할 수 없었던 노래는 일단 귀를 기울여 보았더니 완전히 분명해졌다. 첫번째 곡은 전쟁이 끝나고 돌아와서 '그의 셔츠만큼이나 하얀' 케이크를 굽는 병사에 관한 것이고, 두 번째 곡의 가사는 이랬다.

> 수탉이 울고 동이 트면
> 꼭 교회 안에 들어가고 싶어
> 양초는 벌써 오래 전부터 타오르고 있건만
> 어머니도, 여동생도 거기 없네
> 누가 내 결혼반지를 훔쳐가버렸어…….

노인이 애통한 표정을 지으며 노래에 열중하는 동안 집시들은 꼭 자기들이 반지를 훔쳐가기라도 한 것처럼 히죽히죽 웃으며 몸을 좌우로 흔들어대고 있었다.

집시들이 사는 보고이에보는 개울이 흘러서 늘 푸르른 둑 아래쪽의 풀밭에 자리잡고 있었다. 마을 주변에는 매어놓은 망아지들이 버드나무 숲이나 해바라기 밭에서 풀을 뜯고 있었다. 두 줄로 늘어선 초가집들 사이로 먼지에 뒤덮인 길이 넓게 나있었고, 거기서는 한 배에서 난 검은 새끼돼지들이 사방으로 뛰어

다니기도 하고 배를 햇볕에 드러내고 몸부림치며 뒹굴기도 했다. 방금 돼지를 잡았다. 집집마다 현관 계단 앞에 놓인 도기 항아리에서, 푸른색 내장 꾸러미에서 핀 김이 모락모락 올라오고 있었다. 마을은 침묵에 잠겨 있었지만, 인적이 끊긴 길거리 한가운데에는 우리를 위한 의자 세 개가 삐걱거리는 탁자 주위에 준비되고, 탁자에는 붉은색 손수건이 꼭 선명한 피처럼 깔려있었다. 녹음장비를 설치하고 고개를 드는 순간 우리는 호기심에 가득 찬 눈 백여 개와 마주쳤다. 마을 주민들이 모두 다 나와 우리들 주변에서 발꿈치를 들어올리고 있었다. 흙 묻은 얼굴, 벌거벗은 아이들, 파이프 담배를 피우는 할머니, 더럽고 해진 옷에 어울리는 번쩍번쩍 빛나는 푸른색 구슬을 몸에 주렁주렁 걸친 처녀들.

그들은 남편과 형제의 목소리를, 촌장의 바이올린 소리를 알아듣는 순간 놀라워하며 웅성거렸다. 몇 사람이 자부심에 가득 찬 함성을 내질렀으나 노파들로부터 따귀를 몇 대씩 얻어맞고 곧바로 잠잠해졌다. 보고이에보 사람들은 자신들의 음악이 기계에서 흘러나오는 것을 단 한 번도 들어본 적이 없었다. 집시 야영지의 예술가들은 영광의 시간을 만끽하며 그윽한 감동에 휩싸였다. 물론 이 모든 사람의 사진을 찍어야만 했다. 특히 처녀들을 말이다. 다들 한결같이 독사진을 찍고 싶어했다. 그들은 서로 밀치고 꼬집어댔다. 한바탕 소란(손톱, 저주, 따귀, 갈라진 입술)이 일었다가 야단법석과 유혈 속에서 끝이 났다.

서투르게 바이올린을 켜는 촌장과 얼굴이 가늘고 뾰족한 젊은 조수가 우리를 둑까지 배웅해 주었다. 그들은 달리아꽃을 귀에 꽂고는 자기네들의 깜짝 콘서트에 완전히 마음을 빼앗긴 채 천천히 걸었다. 그들은 세르비아어로 우리들에게 또 놀러오라고 말했다.

농부들이 사는 보고이에보에서는 모든 사람들이 푸른색 덧문 뒤에서 저녁식사를 하든지 아니면 잠을 자는 게 분명했다. 광장에는 세차게 휘돌며 치솟았다가 결국은 교회 정면에 부딪쳐 흔적도 없이 흩어지는 붉은 먼지뿐, 인적이 끊겨 있었다. 우리는 시속 15킬로미터로 바치카와 팔란카를 왕복하는 페리가 정박된 곳으로 천천히 접어들었다. 침묵에 잠긴 작은 마을은 늦여름의 무겁고 생과일향 나는 빛 속에서 꾸벅꾸벅 졸고 있는 듯 보였다.

언젠가는 이곳으로 돌아오리라. 필요하다면 빗자루를 타고서라도.

바치카팔란카[7]
도나우 강 건너편의 페리 선착장에서부터는 다시 산이 많아졌다. 양쪽에 옥수수밭이 펼쳐져 있는 가파른 언덕길을 올라가는데 한 남자가 옥수수 이삭 사이에서 불쑥 나타나더니 길을 가로막고 나섰다. 꼭 정육점 주인처럼 혈색이 좋은 그 남자는 크로아티아어로 뭐라고 고함을 질러댔다. 우리는 차에 타라고 손짓했다. 그는 몸을 앞좌석과 뒷좌석 사이에 억지로 끼워넣더니 가방과 이불, 비옷 등을 닥치는 대로 집어서 덮었고, 잠시 후 그의 모습은 시야에서 완전히 사라져버렸다.

밀레타가 말했다.

"경찰서로 태워다달라는 거예요. 어떤 처녀를 덮쳤는데 유부남이기 때문에 벌써 2주일 전부터 처녀네 가족들에게 쫓기고 있어요. 처녀네 가족은 몬테네그로 사람들인데, 여기 많이들 모여 살죠. 정부에서 그 사람들한테 땅을 줬거든요. 이 사람, 해가 뜨자마자 달리기 시작해서 지금까지 줄곧 달린 겁니다."

마을이 가까워지면서 과연 우리는 얼굴이 구릿빛으로 그을리고 콧수염이 났으며 비쩍 마른 몬테네그로 남자들과 마주쳤다. 이들은 기병총을 어깨에서 허리로 비스듬히 매고 벌판을 유심히 살펴보면서 자전거 페달을 열심히 밟고 있었다. 우리가 그들과 정중하게 인사를 나누는 동안 우리의 보호를 받는 그 사내는 아마 속이 바작바작 탔을 것이다.

우리가 경찰서 앞에 도착했을 때, 그는 밀레타를 밀치며 자동차 밖으로 뛰어내리더니 서둘러 그 안으로 모습을 감추었다.

이 사내가 안전한 곳에서 보호를 받게 되자 이제는 몬테네그로인들에게 호감이 느껴지기 시작했다. 자기네 동족의 일이라면 만사 제쳐놓고 나서서 온 나라를 이 잡듯 뒤져서라도 해결하고 말겠다는 그 연대감. 인사를 할 때도 공손하면서도 약간 거리를 유지하는 그런 태도가 마음에 들었다. 꼭 한번 남쪽으로 내려가보고 싶었다.

밤에 사이미크테로 돌아온 우리는 지도를 한참 동안 들여다보았다. 듣기만 해도 가슴 설레는 이름을 가진 햇빛 찬란한 마을들이 니슈의 남서쪽에서 코소보와 마케도니아로 이어지는 도로 양쪽에 늘어서있었다. 우리는 이 길을 이용하기로 했다.

베오그라드로 돌아가다

도시에서 사바 강으로 이어지는 길은 나무로 지은 집들과 벌레 먹은 말뚝 울타리, 마가목, 라일락 덤불로 뒤덮인 언덕 중턱을 통과했다. 줄에 매놓은 염소와 칠면조, 앞치마를 두르고 조용히 돌차기 놀이를 하거나 아니면 잘 나오지 않는 목탄으로 꼭 나이든 사람들이 그리는 것처럼 많이 해본 솜씨로 도로에 낙서를 하는 어린아이들이 사는 평화로운 시골이었다. 나는 해질 무렵 맑은 머리와 가벼운 마음으로 이곳을 자주 찾아와서 발로 옥수수 줄기를 밀기도 하고, 내일 당장 죽을 사람처럼 도시의 냄새를 깊이 들이마시기도 하고, 물고기자리로 태어난 사람들에게는 극도로 치명적인 그 소산消散의 힘에 굴복하기도 했다. 언덕 기슭의 작은 카페에서는 탁자 세 개를 강가에 내놓았다. 여기서는 향기 좋은 자두술을 팔았다. 수레가 지나갈 때마다 술이 흔들렸다. 사바 강이 술을 마시며 밤을 기다리는 사람들의 코 아래로 갈색을 띤 강물을 흘려보내고 있었다. 강물 반대편의 먼지투성이 가시덤불과 사이미크테의 오두막집들이 또렷하게 눈에 들어왔고, 이따금씩 북쪽에서 바람이 불어올 때면 티에리가 아코디언으로 연주하는 〈일이 잘되어가나?〉라든지 〈말을 잘 안 듣는 여자〉, 그리고 또 다른 세상의 것이어서 그런지 이곳과는 그다지 어울리지 않는 경박하고 슬픈 분위기의 노랫소리까지 들려왔다.

나는 마지막 날 밤에 그곳으로 돌아갔다. 강둑에서 두 남자가 유황과 각종 찌꺼기가 지독한 악취를 풍기는 거대한 통을 청소하고 있었다. 물론, 멜론 향기가 베오그라드에서 맡을 수 있는 유일한 냄새는 아니었다. 중유 냄새라든지 검정비누 냄새, 양배추 냄새, 똥 냄새 등 멜론향만큼이나 강한 다른 냄새들도 존재한다. 어쩔 수 없는 노릇이다. 도시란 피가 흐르고 고약한 냄새를 풍겨야만 치료되는 상처와도 같으며, 그 진한 피는 어떤 상처라도 아물게 할 수 있다. 이 강이 이미 주었던 것은 이 강에 아직 부족한 것보다 더 중요하다. 내가 아직 좋은 글을 쓰지 못하고 있는 것은, 행복이라는 것이 내 시간을 온통 빼앗아 가버렸기 때문이다. 게다가 우리는 우리가 과연 시간을 잃어버렸는지 아닌지 조차 판단할 수가 없다.

마케도니아[8] 가는 길

마케도니아로 가는 길이 있는 슈마디야 지방의 크라구예바츠에서는 우리 친구인 아코디언 연주자 코스타가 자기 부모네 집에서 우리를 기다리고 있었다. 슈마디야는 세르비아의 낙원이다. 옥수수와 유채를 심어놓은 언덕이 넓은 바다처럼 끝도 없이 펼쳐져 있었다. 밀밭, 새빨갛게 달아오른 자두가 마른 풀밭에 툭툭 소리를 내며 떨어지는 과수원. 그곳은 돈을 잘 쓰는 고집스럽고 부유한 농부들이 사는 지방이었다. 짐마차 뒤쪽에 금색 페인트로 "스보곰(아듀!)"이라고 써넣는 이 마을사람들은 세르비아에서 가장 품질이 좋은 자두 증류주를 만들어냈다. 키 큰 호두나무들이 마을 한가운데 높이 솟아있었고, 심지어는 크라구예바츠의 고등학교에 다니는 부르주아의 자식들까지도 거기 젖어들 정도로 목가적인 분위기가 물씬 풍겼다. 그러고 보면 코스타도 시골 출신들 특유의 고집을 부리기도 했고 목이나 어깨를 움직이며 촌스럽게 곤혹스러움을 표현하기도 했다. 그의 침묵 역시

마케도니아 마케도니아어를 쓰며 마케도니아정교를 믿지만, 이슬람교를 믿는 사람도 꽤 있다. 주변의 여러 인종이 섞여 있으며 대다수는 마케도니아인이다.

시골풍이었다. 우리는 그의 가족에 관해서 별로 아는 게 없었다. 아버지는 그 지역 병원에서 일하는 의사고(말이 좀 많으신 편이야, 그는 이렇게 한마디 던지고 나더니 곧 다시 침묵을 지켰다), 어머니는 뚱뚱하고 명랑하며 앞을 거의 못 본다는 정도뿐이었다.

크라구예바츠에서는 코스타가 우리를 기다리고 있다는 사실을 모르는 사람이 없는 것 같았다. 한 무리의 소년들이 자동차에 걸터앉으며 우리를 문까지 안내해 주었던 것이다. 그들이 짙푸른색 눈으로 바라보며 악수를 청하고 침을 튀겨가며 환영의 환호를 내지르는 속에서 우리는 넓지만 오래된 아파트 안으로 거의 떼밀려 들어가다시피 했다. 가발, 검은색 피아노, 푸시킨의 초상화, 상다리가 부러지게 음식을 차려놓은 식탁, 그리고 햇볕을 쬐며 자리에 앉아 계시다가 강철같이 단단한 손으로 우리와 악수를 나눈 허리가 흰 할머니. 잠시 후, 의사께서 허겁지겁 뛰어들어왔다. 다정하고 감상적인 이 의사는 물망초처럼 푸른 눈과 순진한 분위기를 풍기는 수염을 가지고 있었다. 그는 제네바를 알고 있었으며, 큰 목소리로 프랑스어를 구사했고, 장 자크 루소에 대해 우리에게 감사해했다. 꼭 우리가 이 작가를 낳아 기르기라도 한 것처럼 말이다.

입맛을 돋우기 위한 맥주, 살라미 소시지,
시큼한 크림을 듬뿍 얹은 치즈케이크

우리가 식탁에 앉고 채 한 시간이 지나지 않아 코스타가 자기 악기를 어깨에 멨고 그의 아버지도 바이올린으로 음을 맞추었다. 식기대 옆에서 접시를 쌓아올리던 하녀가 춤을 추기 시작했는데 처음에는 상체를 전혀 움직이지 않아 어색했으나 속도가 점점 더 빨라졌다. 코스타가 짧고 굵은 손가락으로 건반을 누르며 식탁 주위를 천천히 돌았다. 꼭 샘물이 흐르는 소리에 귀를 기울이듯이 고개를 숙이고 건반 소리에 귀를 기울였다. 그러다가 걷기를 멈추더니 오직 왼발로만 박자를 또박또박 맞추었다. 평온해 보이는 그의 얼굴은 리듬에는 별로 관심이 없는 듯 보였다. 진짜 춤꾼들을 만들어내는 건 바로 이와 같은 자제력이다. 춤을 출 줄 모르는 우리는, 음악이 우리 얼굴 위로 스멀스멀 기어오르다가 경련을 일으키며 헛되이 스러지는 걸 느꼈다. 의사도 자신의 바이올린이 한껏 노래하게 만들었다. 바이올린의 활이 현 위에서 기껏해야 2센티미터밖에 안 움직였는데도 그동안 그는 한숨쉬고 땀 흘리고 꼭 소낙비 맞는 버섯처럼 음악으로 부풀어올랐다. 심지어는 온몸이 완전히 마비된 할머니까지도 한쪽 팔은 구부려 목 뒤에 갖다대고 다른 팔은 쭉 펼쳐서는 (춤추는 사람의 자세!) 잇몸을 환히 드러내고 웃으며 머리를 박자에 맞추어 끄덕거렸다.

빵가루를 입혀 구운 갈비, 고기만두, 백포도주

'콜로'란 마케도니아에서 헝가리 국경지역까지의 모든 유고슬라비아 사람들이 둥그렇게 원을 그리며 추는 춤이다. 지역마다 그 나름의 스타일이 있고, 수백 가지 주제와 변종이 존재하며, 간선도로를 벗어나기만 하면 어디를 가나 사람들이 이 춤을 추는 걸 볼 수가 있다. 슬픈 곡조의 콜로는 어머니가 군대 가는 아들을 위해 역 플랫폼에서 가금류家禽類와 양파 바구니를 옆에 내려두고 즉석에서 추는 춤이다. 일요일에 나들이옷을 입고 호두나무 아래서 추는 콜로에 관해서 말해 보자. 이 국민예술에 큰 관심을 가진 티토의 선전자들은 연이어 사진기 셔터를 누르며 이 춤을 찍는다. 뿐만 아니라 '전문가'들을 깊은 산골까지 파견하여 경쾌한 당김음syncopation과 기발한 불협화음이 가미된 농민들의 재치 있는 리듬을 9분의 4박자나 7분의 2박자로 기록하도록 했다. 정부당국이 이처럼 민속음악에 열광하는 것은 음악가들로서야 당연히 쌍수를 들어 환영할 만한 일이고, 그래서 여기서는 멋진 스타일로 플루트나 아코디언을 연주하는 것이야말로 돈을 벌 수 있는 든든한 밑천이랄 수 있다.

베이컨, 잼을 넣은 팬케이크, 두 번 증류한 자두술

새벽 네시가 되었는데도 우리는 여전히 식탁에 앉아있었다. 바이올린을 내려놓은 의사는 목청껏 노래를 부르며 미친 듯이 술을 퍼마셨다. 그는 와자지껄하게 손님을 환대하면서 자기 자신의 목소리에 도취되었다가 결국은 거기에 완벽하게 속아 넘어가는 그런 사람 중 하나였다. 실제로는 이제 앞을 거의 볼 수가 없는 코스타의 어머니로 말하자면, 우리가 아직 거기 있는 지 확인하려고 손가락 끝으로 우리 얼굴을 어루만지며 꼭 금방 이라도 날아오를 것처럼 웃으셨다. 우리가 아니라 그녀가 초대 를 받아온 것 같았다. 잠시 휴식을 취하는데, 차게 해서 먹으려 고 포도주병과 수박을 가득 담가둔 욕조 안으로 물이 똑똑 떨어 지는 소리가 복도 끝에서 들려왔다. 소변을 보러 가면서 계산해 봤더니, 우리를 접대하느라 최소한 월급의 4분의 1은 썼을 것 같 았다.

세르비아인들은 손님들에게 놀라울 정도로 관대하고 또 오 래전부터 전해 내려온 연회 감각을 아직도 간직하고 있는데, 이 들이 합쳐진 풍습이 뭔가 하면 액막이를 겸한 축제다. 사는 게 즐거울 때도 연회를 벌이고 삶이 힘들 때도 연회를 벌이는 것이 다. 성서가 우리에게 권고하듯이 "노인을 떨쳐내기(나쁜 습관을 버린다는 뜻 - 옮긴이 주)"보다는 맛있는 술을 권해가며 그를 따뜻 이 맞아 위안하고 온정을 베풀며, 그에게 멋진 음악을 실컷 들려 주는 것이다.

치즈와 파이를 먹고 나서 우리는 이제 오랜 고통이 끝났다 고 생각했으나, 어스레한 빛을 받아 얼굴이 불그스름해 보이는 의사는 큼직큼직하게 썬 수박을 이미 우리 접시에 올려놓았다.

그가 우리를 격려하려는 듯 큰 소리로 외쳤다.

"수박이야 아무리 먹어도 소변 한번 보고 나면 그만이지 뭐."

우리는 혹시라도 그가 실망할까 봐 감히 거절할 수가 없었다. 정신이 몽롱한 상태에서 그의 어머니가 "슬로보드노…… 슬로보드노!(먹어요! 먹으라니까!)"라고 중얼거리는 걸 들으며 나는 의자에 반듯이 앉아 그대로 잠이 들었다.

아침 여섯시, 우리는 니슈^{9}로 가는 길로 접어들었다. 이곳에는 해지기 전에 도착할 계획이었다. 공기가 상쾌했다. 우리는 시즌이 끝나서 호주머니는 빳빳한 새 지폐로, 머릿속은 새로운 우정으로 가득한 날품팔이 노동자들처럼 그렇게 세르비아를 떠났다.

우리에게는 9주일을 살 수 있을 만큼의 돈이 있었다. 돈의 액수는 얼마되지 않았지만 시간은 넘쳐났다. 우리는 일체의 사치를 거부하고 오직 느림이라는 가장 소중한 사치만을 누리기로 작정했다. 차 지붕은 열고 액셀러레이터는 살짝 당겨놓았으며 좌석 등받이에 걸터앉아 한쪽 발은 핸들 위에 올려놓은 채 시속 20킬로로 느릿느릿 길을 갔다.

경치는 한결같이 빼어났고, 그곳에 떠있는 보름달은 휘영청 밝고 아름다웠다. 반딧불, 터키식 가죽신발을 신고 도로를 보수하는 인부들, 세 그루의 포플러나무 아래서 벌어지는 소박한 동네 무도회, 뱃사공이 몸을 일으킬 필요조차 없이 고요히 흐르는 강, 자기가 클랙슨을 울려놓고 화들짝 놀랄 만큼 깊고 깊은 침묵. 그러다가 날이 밝아오면서 시간이 천천히 흘러갔다. 담배를 너무 피워댄 데다가 배도 고팠다. 식품점 문이 아직 잠겨 있기에 트렁크의 연장상자 밑바닥에서 찾아낸 빵 조각을 씹으며 그곳을 지나쳐갔다. 여덟시쯤 되면 햇빛이 치명적일 만큼 쨍쨍 내리쬐기 시작하는데, 작은 마을을 지나갈 때는 경찰모를 쓰고 자동차 바로 앞에서 서툴게 껑충껑충 뛰며 도로를 횡단하려는 노인들 때문에 눈을 크게 뜨고 사방을 잘 살펴야만 했다. 정오쯤 되면 브레이크와 엔진, 그리고 우리의 두개골이 열을 받아 뜨끈뜨끈해진다. 풍경이 아무리 황량해도 항상 작은 버드나무 숲이 있고, 그래서 우리는 그 아래서 깍지 낀 두 손을 베개 삼아 잠을 잘 수가 있다.

혹은 여관이 있다. 부풀어오른 벽지, 찢어진 커튼, 지하실에 저장해놓은 것처럼 차갑고 독한 양파 냄새 속에서 파리들이 윙윙거리는 방을 상상해 보라. 하루가 여기서 그 중심을 발견한다. 팔꿈치를 탁자 위에 괴고 우리는 각자 따로 체험하기라도 한 듯 오전에 있었던 일에 관해 서로 이야기하며 대충 정리를 한다. 넓은 시골땅에 분산되었던 그날의 기분이 포도주 몇 잔과 연필로 그리는 종이 식탁보, 입 밖에 내는 단어 속에 응축된다. 감정의

분비에 수반하여 식욕이 느껴지는 걸 보면, 여행생활에서 몸을 위한 양식과 정신을 위한 양식이 어느 정도까지 밀접하게 연관되는지 알 수 있다. 이런저런 계획과 구운 양고기, 터키식 커피, 그리고 추억.

　　침묵 속에서 하루가 끝나간다. 우리는 저녁을 먹으면서 실컷 얘기를 나누었다. 여행은 엔진 소리와 스쳐가는 풍경에 실려와서 당신의 몸을 관통하고 당신의 머리를 환하게 밝혀준다. 아무 이유 없이 받아들인 생각은 당신을 떠난다. 반대로 다른 생각이 새로 정리되어 강 밑바닥의 조약돌처럼 당신 가슴속에 자리를 잡는다. 개입할 필요는 전혀 없다. 도로가 당신을 위해 일을 한다. 도로가 제 할일을 다 하여 이번 여행의 최종 목적지인 인도 끝까지, 아니, 그보다 훨씬 더 멀리까지, 죽음까지 그렇게 뻗어나갔으면 좋겠다.

　　내가 고향에 돌아갔을 때, 한 번도 떠나본 적이 없는 많은 사람들이 약간의 상상력과 집중력만 발휘하면 의자에서 엉덩이를 떼지 않고도 여행을 잘 할 수 있다고 말했었다. 나는 그들이 하는 말을 기꺼이 믿는다. 그들은 강한 사람들이다. 그런데 나는 그렇지가 못하다. 구체적으로 공간 속을 옮겨 다니며 움직이기까지 해야 하는 것이다. 다행스럽게도 세계는 약한 사람들을 위해 넓게 펼쳐져 그들을 받쳐준다. 어느 날 밤 마케도니아로 가는 도로에서 그랬던 것처럼, 왼쪽에 떠있는 달과 오른쪽에서 은빛으로 반짝거리는 모라바 강으로 세계가 이루어지고, 앞으로 3주일 동안 살 마을을 지평선 뒤쪽으로 찾으러 갈 계획을 세울 때, 나는 내가 그런 것들 없이는 살 수 없다는 사실이 몹시 만족스럽게 느껴진다.

프릴레프,[10] 마케도니아

프릴레프에는 호텔이 두 곳밖에 없었다. 당원들을 위한 자드란 호텔과 있을 법 하지 않는 여행자들을 위한 마케도니아 호텔이었는데, 우리는 이 두 번째 호텔에서 방값을 흥정하며 첫날 저녁 시간을 다 보냈다. 나는 이같은 관행이 무척 마음에 든다(급하지만 않다면 말이다). '흥정'은 어쨌든 '정가'를 깎는 것보다는 덜 탐욕스러우며 상상력을 발동시키기 때문이다. 중요한 것은 어떻게 설명을 하느냐다. 흥정을 하는 두 사람은, 그 이후로는 어느 누구도 재론하고 싶어 하지 않을 해결책에 도달하기 위해서 이런저런 요구사항들을 대조해야 한다. 마케도니아 호텔은 거의 항상 비어있었기 때문에 이 일이 더욱 수월하게 이루어졌다. 하지만 그날은 토요일 밤이었고, 그래서 관리인은 이것저것 할 일이 많았다.

안뜰의 식당에는 갖가지 색깔의 전구가 매달려있었고, 낙엽이 깔린 그곳 한가운데서는 턱시도 차림의 마술사가 몇 명 안되는 주의산만하고 피곤해 보이는 농부들을 앞에 놓고 공연을 하는 중이었다. 마술 주문은 밤바람 때문에 그의 입가에서 맴돌기만 할 뿐이었고, 그의 오페라 모자에서 비둘기들이 날아올랐지만 관객들의 얼굴에는 웃음이 떠오르지 않았다. 마치 이 보잘 것없는 기적 정도는 그들의 근심걱정에 필적하지 못한다는 듯 말이다. 우리는 그가 마술을 끝낼 때까지 기다렸다가 짐을 가지고 올라갔다. 쇠침대 두 개, 꽃무늬 벽지, 작은 탁자 한 개, 푸른색 에나멜 세면기……. 먼 산에서, 등뼈를 곤두세워 검은 하늘에 기대고 있는 바위가 풍기는 냄새가 열린 창문을 통해 흘러들어왔다.

이 도시에는 기술공들이 유난히 많이 살고 있었기에 우리 자동차에 필요한 짐받이 정도 만들어내는 건 당연히 식은 죽 먹기가 되어야 했다. 하지만 웬걸, 그렇지가 않았다. 우선은 세르비아어를 못 알아듣는 철물공에게 우리가 뭘 원하는지를 이해시켜야만 했다. 그림을 그려가면서 해야 하는데, 나는 연필을 가져오는 걸 깜빡했고 철물공은 그걸 갖고 있지 않았다. 벌써 자동차 주변에 몰려든 수많은 사람들이 자기 주머니를 뒤져보았지만……. 그들에게도 연필이 없기는 마찬가지였다. 연필이란 그렇게 습관적으로 갖고 다니는 물건이 아니었던 것이다. 구경꾼 한 사람과 함께 근처 카페로 연필을 빌리러 갔다온 사이에 더 늘어난 사람들이 이러니저러니 한마디씩 거들었다. 그림을 그리려나 보네…… 한 스물세 살은 되었을 것 같은데……. 앞 유리창을 조심스레 만져보는 사람도 있었고, 아무 것도 아닌 일로 킬킬대는 사람도 있었다. 내가 최대한 정확하게 스케치를 해주자 철물공의 얼굴이 일순 환해졌으나 용접용 버너가 없다는 사실을 깨닫고 다시 침울해졌다. 그는 내 종이에 용접용 버너를 그린 다음 그 위에 가위표를 긋고 나를 쳐다보았다. 실망스런 웅성거림이 구경꾼들 사이에서 일었다.

그때 한 노인이 다른 사람들을 밀치고 맨 앞줄로 나섰다. 작은 트럭을 몰고 어제 독일에서 돌아온 사내를 알고 있는데, 그가 용접용 버너를 갖고 있다는 것이었다. 나는 노인의 안내를 받아 도시 반대편에 있는 그 사내의 집으로 출발했다. 머리가 완전히 벗겨졌고 미친 사람의 눈, 매부리코를 한 이 노인은 누덕누덕한 검은색 양복을 입고 맨발로 종종걸음쳤다. 꼭 성직을 박탈당한 가련한 목사님처럼 그렇게 말이다. 그는 영어를 유창하게 구사했으며 자신을 매트 조던이라고 소개했다. 30년 동안 캘리포니아에서 살았다고 했다. 찰리 채플린이 학교 친구였다고 한다. 그는 절뚝절뚝 힘들게 걸으며 자신의 말을 뒷받침하기 위해, 너무 오래된 데다 땀에 절어 더러워진 미국 엽서를 보여주었다. 그렇지만 나는 그가 계속해서 거짓말을 하고 있다고 느졌고, 15미터가량 뒤에서 그를 놀려대며 따라오는 아이들을 보는 순간 그가 협상에 아무 도움이 안 될 거라는 염려가 들었다. 다행스럽게도 이 용접봉 사내는 알아들을 만한 독일어를 구사해서 중개자는 필요없게 되었다. 그는 전쟁포로로서 바바리아 지방에서 결혼했으며, 아내와 자식들을 데리고 얼마 전에 고향으로 돌아왔다. 그 전날 밤에 귀향 파티를 워낙 요란하게 벌이는 바람에 관자놀이를 두 손으로 감싼 채 계속해서 끙끙거렸다. 그런데 본인 말에 따르면, 과음 때문에 그러는 게 아니라는 것이었다. 아무튼, 그의 용접용 버너는 완전히 새 것이었고, 그는 그것을 꼭 무슨 성상聖像이라도 되는 양 신중하게 다루면서 만일 내가 자신의 화물 자동차에 고급 휘발유를 넣어준다면 자기도 그걸 빌려주는 데 동의하겠다고 했다. 그렇게 하기로 합의가 이루어졌다. 다시 철물공을 찾아갔더니 그도 동의하는 듯 했다.

여전히 빽빽이 들어찬 구경꾼들이 격려의 환호성을 몇 차례 내질렀다. 일이 잘되는 걸 보자 다들 무척이나 신이 나는 모양이었다. 하지만 값을 정해야하는 순간이 되자 그들은 낙심했다. 철물공은 5만 디나르를 요구했는데, 이건 그가 하는 일과는 전혀 아무 상관없는 터무니없는 액수였다. 그 역시 그 사실을 알고 있었으나, 이곳에는 고철이 드문 데다가 나라에서 자기가 받는 돈의 절반 이상을 떼어가리라는 것이었다. 그는 애석해하며 가게로 돌아갔고, 구경꾼들도 뿔뿔이 흩어졌다. 나도 오전 한나절을 허비했고 그건 그도 마찬가지였다. 하지만 그렇다고 해도 도대체 어떻게 내가 그를 원망할 수 있단 말인가? 모든 게 다 부족한 판에 도대체 뭘 어찌한단 말인가? 검약儉約은 삶을 북돋지만, 이처럼 계속되는 결핍은 삶을 지루하게 만든다. 하지만 우리의 삶은 그렇지 않았다. 철물공 문제가 해결되지 않아도…… 짐받이 없이 지낼 수도 있고, 자동차와 우리의 계획 일체를 포기하고 기둥 꼭대기에 올라가서 명상을 할 수도 있는 것이다.

프릴레프는 마케도니아의 소도시로서 바르다르 계곡 서쪽의 다갈색 산들로 둘러싸인 분지 한가운데에 자리잡고 있다. 벨레스에서 시작된 비포장도로는 이 도시를 가로지른 다음 남쪽으로 40여 킬로미터 떨어진 모나스티르라는 도시의 메꽃이 만발한 나무 울타리 앞에서 끝이 난다. 그것은 그리스와의 국경이었는데, 전쟁이 끝난 뒤에 폐쇄되었다. 그리고 상태가 안 좋은 도로를 따라 서쪽으로 가다 보면 알바니아와의 국경이 나타나는데, 그다지 안전하지가 않으며 완전히 폐쇄되었다.

경작된 밭이 띠 모양으로 프릴레프를 둘러싸고 있는데, 도시 안에 포장도로를 새로 깔고 흰색으로 '표백'된 두 개의 흰색 뾰족탑(정면에는 녹청색 녹이 슨 발코니가 볼록하니 나와있으며, 8월이 되면 나무로 만든 긴 회랑에서 전세계에서 품질이 가장 우수한 담뱃잎을 말렸다)을 세웠다. 흰색과 황금색 항아리가 진열된 중앙 광장의 약국과 담배가게 사이의 '자유' 상점 앞에서는 한 민병대원이 총을 발밑에 내려놓은 채 꾸벅꾸벅 졸고 있다. 자드란 호텔의 스피커가 하루에 세 차례씩 〈빨치산 찬가〉와 뉴스를 떠들썩하게 들려주는 가운데(아무리 그래도 짐수레 위에 누워 잠을 자는 농부들은 미동조차 하지 않았다) 라이벌 관계인 두 호텔이 서로 마주하고 있었다.

이 도시에서 하룻밤 자신의 머리를 마케도니아 호텔의 베개에 맡기는 이방인은 (익숙해진 벼룩 외에도) 당나귀들이 어슬렁거리고 시든 담뱃잎 냄새와 폭 익어버린 멜론향이 배어있는, 평화로운 도시의 이미지를 간직하게 될 것이다. 그렇지만 만일 이 도시를 떠나지 않고 남아있을 경우 그는 모든 게 실제로는 훨씬 더 복잡하다는 사실을 깨닫게 된다. 왜냐하면 2000년에 걸쳐 마케도니아 역사가 계속되는 동안, 수많은 민족과 인간들이 줄곧 서로 다투며 이 도시에서 살아왔기 때문이다. 오스만 제국은 과중한 세금 때문에 힘들어하는 주민들을 통치하기 위해 여러 대에 걸쳐서 그들을 서로 대립시켰다. 터키제국의 세력이 기울자 이번에는 '열강들'이 그 뒤를 이어받았다. 불에 탄 이 나라는 유용했고, 분쟁은 제3자가 조정할 수 있었다. 테러리스트나 반反테러리스트, 성직자를 지지하는 사람들이나 무정부주의자를 모두 무장시켰으니 마케도니아인들이 더 이상 숨쉴 공간을 갖지 못한 건 당연한 일이었다.

프릴레프에서는 술레이만 시대(1520~1566) 이후로 정착한
터키 사람들을 볼 수가 있는데, 자기네 사원이나 밭에 매달려 자
기네들끼리 모여사는 이들은 오직 스미르나나 이스탄불만을 꿈
꾼다. 제2차대전 중에 독일군에게 강제 징집되었던 불가리아 사
람들은 꿈꿀 거리를 더 이상 가지고 있지 않다. 알바니아에서 피
난온 사람들도 이 도시에 산다. 마르코스군軍의 그리스인들은
지위가 불안정해서 카페에서 그날 치 기부 물품이 나오기를 기
다린다. 당 간부들은 자드란 호텔의 파리잡이용 끈끈이 아래 자
리를 잡고 앉아서 술을 퍼마시고, 과묵하고 억센 마케도니아의
농부들은 허리를 구부린 채 자기네들은 항상 뒤치다꺼리만 해
왔다는 나름 일리 있는 생각을 한다. 이 축소된 바벨탑을 완성시
키기 위해서는 도시 입구에 자리잡은 군대 막사를 덧붙여야 한
다. 북쪽 지방에서 온 신병들은 이 지역 사투리는 단 한마디도
이해하지 못한 채 약혼녀나 시골에 사는 부모님의 사진을 남몰
래 훔쳐본다.
　　15분가량 걷다 보면 햇빛 비치는 비탈에 옛 도시국가의 터

술레이만 1세(1494~1566)　오스만투르크 제국의 제10대 술탄으로 아시아, 유럽, 북아프리카에
걸쳐 영토를 확장하여, 터키의 최대 황금시대를 이룩했다.
스미르나　터키 서부에 있는 오래된 항구도시. 호메로스의 출생지이며, 이즈미르라고도 불
린다. 부록 지도 참고.

가 남아있다. 이 도시국가는 마르코프 그라드라고 불렸다. 이 도시국가에 물을 공급하던 샘이 마르자 주민들은 이곳을 버리고 프릴레프를 세웠다. 여기서는 아직도 세례당과 14세기와 15세기의 수도원 몇 군데를 볼 수가 있다. 거의 대부분은 자물쇠가 단단히 채워져 있거나 밖에서 빨래를 널어 말리는 값싼 숙소로 바뀌었지만, 프릴레프에서는 그 어느 누구도 이곳을 분명하게 설명해 주지 않을 것이다. 이 도시국가의 시대는 이미 지나가버렸다.

매트 조던 노인은 그 뒤로도 줄곧 우리 뒤를 쫓아다녔다. 어두컴컴한 현관에 몰래 숨어있다가 앞을 가로막고 나선다든지, 아니면 우리를 카페에 붙잡아두고 전혀 사실처럼 들리지 않는 추억들을 우수 어린 속어로 털어놓곤 했다.

"언젠가는 내 진짜 비밀을 말해줌세…… . 아무도 모르는 비밀을 말일세…… . 쉿!"

그것은 이 나라를 통째로 뒤흔들어놓을 만한 정치적 비밀처럼 보였다. 이렇게 말하고 난 그는 자기네들의 터무니없는 허풍에 사람들이 깜박 속아 넘어가는 걸 보아야만 직성이 풀리는 허언증 환자들 특유의 간절한 표정을 지으며 우리 소매를 잡아 끌었다. 나는 호텔 주인을 통해서 체제에 반대하는 내용의 발언을 했다는 이유로 얼마 전에 그를 일주일 동안 이곳 감옥에 가둔 것도 경찰이고, 그의 머리를 그렇게 박박 깎아놓은 것도 경찰이라는 사실을 알게 되었다. 여러 가지 점에서 볼 때 그가 얼마나 씁쓸해했을 것인지 충분히 이해가 간다. 하지만, 그는 체제보다는 오히려 자신의 삶에 관해 그런 감정을 느꼈으리라. 머리는 설탕덩어리처럼 생기고 얼굴빛은 부석돌을 연상시키며 눈은 푹 들어간 그는, 말 그대로 불운의 화신처럼 보였다. 어쩌면 그는 이 도시에서 모든 형태의 불운을 자신에게 집중시킴으로써 어떤 성스러운 직무를 수행하는지도 몰랐다. 그렇지만 그는 낮에는 자신의 몸뚱이를 햇빛에 데우는 것 말고는 할 일이 없었다. 그는 비록 작기는 하지만 정원과 집을 가지고 있었고, 끈기와 애원으로 결국 우리를 그 안으로 끌어들이고 말았다.

아카시나무로 둘러싸이고 공짜로 이를 치료할 때 나는 냄새가 풍기는 음산한 집. 매트 조던은 현관 앞 층계에서 기다리고 있다가 우리와 악수를 나누고, 우리가 현관을 지나자 이곳 관습에 따라 다시 한번 악수를 청했다. 앉자마자 나는 여기 온 걸 후회했다. 블라인드는 내려져 있었고, 석유등을 밝힌 방과 연결된 어두컴컴한 부엌에서는 뭔가를 씹으며 속닥거리는 소리가 들려왔다. 정원 쪽에서 나타난 이웃들이 부엌으로 우르르 몰려들어왔다가 입 속에 뭘 잔뜩 집어넣고는 곧바로 거기서 다시 나와 매트 앞을 지나갔고, 그럴 때마다 매트는 허리를 숙여 절을 하곤했다. 매트는 자기가 이 숨막힐 것처럼 답답한 작은 세계의 중심이라는 사실을 몹시 기뻐했다. 그의 아버지를 기리는 장례 연회가 벌써 이틀 전부터 계속되고 있었다. 우리가 줄지어 왔다갔다 하는 이 행렬을 보며 깊은 인상을 받았다고 판단한 그가 손뼉을 치자, 허약해 보이는 소년 두 명이 어둠 속에서 나와 우리 손에 입을 맞추었다. 그의 아들들이었다. 그는 그들이 영어 단어를 몇 개 떠듬거릴 때까지 옆구리를 쿡쿡 찔러댔다. 아버지가 몹시 무서운지, 얼굴을 똑바로 못 쳐다볼 정도로 주눅이 잔뜩 들어있었다. 동생은 식사 준비를 해야 한다는 핑계로 슬그머니 꽁무니를 뺐지만, 그 정도 요령도 없어 보이는 형은 마냥 그러고 서있었다. 아버지가 학교에 보내주지 않는 바람에 그는 열세 살이 넘었는데도 집에서 하루 종일 재봉일을 해야만 했고, 바느질하는 모습을 즉석에서 우리들에게 보여주어야만 했다. 커다란 세르비아 국기에 펠트 천으로 '폐하 사랑…… 조국 사랑'이라고 쓰여 있었다. 서투르기는 하지만 공을 들인 털실 자수가 이 좌우명을 둘러싸고 있었다. 매트는 의기양양해하면서, 아들이 여자들이나 하는 일을 했다는 게 창피해서 눈물이 그렁그렁해서, 바느질감을 겨드랑이에 끼고 도망치듯 방을 빠져나갈 때까지 머리를 쓰다듬어주었다.

식사가 시작되었다. 시큼한 양배추, 빵가루를 넣은 수프, 저주를 받아 땅속에서 꽁꽁 얼어붙었음에 틀림없는 덩어리진 감자가 나왔다. 나는 한 입을 겨우겨우 삼킬 수 있었다. 음식 접시

마다 죽음의 냄새가 강하게 풍겼다. 하지만 거기 익숙해져야만 했다. 검은색 머릿수건 밖으로 헝클어지고 타래진 머리칼이 삐져나온 수다스런 노파들 대여섯 명이 최소 두 시간 전부터 식탁에 착 달라붙어서 스튜 요리를 먹으며 농담을 하고 있었다. 곡을 하는 여인들이었다. 시신이 아직도 집안에 있는지 아닌지 알 수가 없었지만, 나는 혹시라도 불이 켜질까 봐 내심 조마조마했다. 매트는 투명한 액체를 우리 잔에 가득 따라주며 건배하자고 제안했다.

"집에서 만든 위스키라네."

그가 잇몸을 드러내고 웃으며 이렇게 말했다. 온기도 느껴지지 않고, 색깔도 안 좋으며, 게다가 입 안을 침으로 가득 메우는 달짝지근한 악취까지 풍기는 싸구려 독주였다. 아마도 영혼은 이 술을 본능적으로 불운과 연관시킬 수밖에 없을 것이다. 나는 행여라도 그 늙은 마녀 중 한 명이 빗자루에 걸터앉아있는 모습을 보게 될까 봐 부엌 쪽으로 감히 눈길을 돌릴 수가 없었다.

그의 집 문턱을 지났고 그가 내온 음식을 먹었으니 최소한 한 시간은 그에게 붙잡혀 있게 되리라. 그는 몇 가지 '비밀' 문서와, 최초의 고층건물 아래를 지나가는 전차, 벨일 섬에서의 가든

벨일 섬 프랑스 브르타뉴 남쪽에 있는 섬. 모네가 머무르며 〈폭풍우 치는 벨일 연안〉을 그린 것으로 유명하며, 다른 여러 화가들도 이 섬에서 작업하는 것을 좋아해서 '화가들의 섬'으로 불린다.

파티, 반장화를 신고 오렌지나무 아래 서있는 여인들 등의 풍경이 그려진 20세기 초의 그림엽서들을 보여주었다. 그러고 나서 사진도 한 장 보여주었다. 유니폼을 입은 한 청년이 짙은 어둠을 배경으로 서있었다.

"웨스트 포인트에서 찍은 내 사진일세."

하지만 좀 더 가까이 들여다보니 유니폼의 계급줄은 구세군의 그것과 혼동될 만큼 흡사했다. 그는 이제 다시 마술사 클럽의 연례 연회에서 챙이 없고 끝이 뾰족한 모자를 쓴 남자들과 함께 서있었다. 두 번째 줄의 얼굴이 창백하고 뺨에 그늘이 진 남자가 찰리 채플린이라고 했다.

우리가 '다 눈치 챘다는' 걸 알게 되자, 그는 더 이상 그럴듯하게 보이려고 애쓰지 않았다. 이야기가 계속해서 이어졌고, 점점 더 황당해졌다. 자기가 음모를 꾸미고 있기 때문에 경찰이 자기를 밤낮으로 감시하고 있으며, 진짜 티토는 이미 오래전에 죽었다는 식이었다. 게다가 그에게는 증거까지 있었다. 예를 들면, 낡은 비스킷 상자 안에 크리스마스 카드를 감춰놓았는데, 거기 "1922년 크리스마스, 보쉬맨 부부로부터"라고 영어로 쓰여 있었다.

조문객이 찾아와준 덕분에 이 고통의 시간은 막을 내렸다. 감리교 목사가 고인에 대한 자신의 의무를 다하기 위해 온 것이다. 그는 한눈에 상황을 파악했다.

그가 독일어로 말했다.

"우리 친구 매트가 또 다시 광기에 휩쓸렸군요."

취리히에서 공부를 했다는 목사는 아직 빈틈이 없거나 거의 없어 보였지만, 나이도 들고 외롭기도 하고 사소한 실수조차도 용서되지 않는 성직을 이곳에서 수행하다 보니 바퀴벌레보다도 더 소심해진 것 같았다. 감리교 신자는 프릴레프에 몇 가족이 있고 나머지 대여섯 가족은 코소보 여기저기에 흩어져 있다고 한다. 우리는 하나의 지방보다 더 넓다는 그의 교구에 관해 물었으나 소돔과 고모라에 대한 심드렁한 암시밖에는 들을 수가 없었다.

설교 내용을 신중하고 세심하게 다듬으며 공산당에 찬조금을 내는 그리스정교회 사제, 매일 밤 신자들의 집 문턱에서 신자들과 함께 코담배를 피우며 유배로 인해 약화된 믿음을 북돋우는 이슬람교 이맘, 그리고 합창단과 청년단, 새로 지은 수영장을 이용하여 별다른 어려움 없이 신입 당원을 모집하는 마르크스주의자 등 이 지역에 있는 그의 경쟁자들이 과연 영혼들을 끌어안는 데 그보다 더 나은 성과를 거두었을지, 궁금했다. 각자는 자신이 가지고 있는 수단을 동원해서 다른 사람의 지론에 맞선다. 그렇지만 모두가 동의하는 감정이 있으니, 그건 '보그'(세르

웨스트포인트 미국 육군사관학교가 있는 곳 혹은 육군사관학교.

비아-크로아티아어로 신을 가리킨다 - 글쓴이 주)가 이 도시를 떠났다
는 것이다.

목사가 덧붙여 말했다.

"프릴레프에 관해 알고 싶으시다니, 내가 이 지역 속담을
하나 들려드리리다. '모두가 모두를 의심하지만, 그 누구도 신
이 누구인지는 모른다네.'"

그리고 두 늙은이는 손수건을 입에 갖다대고 숨이 막힐 정
도로 웃었다.

호텔 지배인이 내게 말했다.

"정교회 사제는 만나지 말아요. 머리가 좋은 사람이 아니니
까요."

내가 관심을 갖는 건 그가 어떤 일을 하느냐 하는 것이지 그
의 머리가 좋은지 안 좋은지가 아니었다. 그는 성스러운 것을 대
리하며, 자유가 그렇듯 성스러운 것도 그것이 위협을 받는다고
느끼기 전에는 관심을 가지기가 어렵다. 게다가 정교회 사제는
그 깜박거리는 불꽃이 우리가 바라는 모든 것과 쉽게 조화를 이
루는 양초 장사를 하고 있었으며, 오직 희미한 빛과 어둠뿐인 목
조 교회의 열쇠까지 가지고 있었다. 그는 가마만큼이나 큰 자물
통을 한참동안 만지작거린 끝에 교회 문을 열더니 잔돈 몇 푼을
받고나서는 우리를 푸른색과 짙은 금색, 은색 속에 남겨놓고 사

라져버렸다. 어둠에 익숙해지고 나니 베드로 성인의 배신을 알리기 위해 득의만만하고 비장한 표정으로 제단 위에서 날개를 활짝 펼치고 부리를 내민, 나무로 만든 수탉 한 마리가 눈에 들어왔다. 가슴을 따뜻하게 만들어주는 뭔가를 느끼기도 했지만, 또 한편으로는 왠지 모르게 좌절감 같은 게 느껴지기도 했다. 인간의 어린시절과 허약함, 그리고 원죄가 무슨 장사밑천(용서를 통해 신의 돈을 불리는)으로 쓰이는 게 아닌가 하는 생각이 들어서 말이다.

터키인들의 사원에서는 평온한 숭배의 분위기가 풍긴다. 낮고 폭이 넓은 건물인데, 양쪽에 황새들이 사는 뾰족탑이 하나씩 서있었다. 내부는 석회로 초벽을 했고, 바닥은 붉은색 양탄자를 깔고, 벽은 코란 구절을 써넣은 조각종이들을 장식했다.

푸근한 냉기와 엄숙함의 부재. 그렇지만 크고 화려하다. 우리 교회와는 달리, 비극이나 결핍을 연상시키는 건 전혀 없이 모든 게 다 신과 인간이 자연스럽게 결합해 있음을 을 보여주는 듯했다. 그런데 이같은 결합이야말로 진지한 신자들이 영원토록 향유하는 순결함의 원천이다. 맨발을 거친 양털 위에 올려놓고 잠시 한숨을 돌리고 있노라니 꼭 강물에서 멱을 감는 것 같은 기분이 들었다.

이곳의 터키 사람들은 숫자는 적지만 서로 간에 매우 돈독

한 관계를 유지하고 있다. 우리가 그들 사회에 발을 디딜 수 있게 된 것은 이발사 아이웁 덕분이었다. 우리와 동갑인 그는 독일어를 몇 마디 알고 있었다. 우리는 친구가 되었다. 그의 고향인 스미르나를 좋아한다고 우리가 말한 뒤로 그는 괜찮다는데도 굳이 우리 면도를 공짜로 해주었다. 그래서 우리는 이틀에 한 번씩 이발소에 가서 얼굴에 비누거품을 칠하고 여기저기 구멍이 난 가죽 의자에 길게 드러누워, 거울을 둘러싸고 있는 이스탄불 흑백사진을 올려다보곤 했다. 우리는 서서히 받아들여졌고, 어느 날 아이웁과 그의 친구들은 일요일에 야외에 같이 나가자고 우리를 초대했다.

"술도 있고, 음악도 있고, 개암도 있고…… 짐마차를 타고 갈걸세……. 방앗간 주인이 샤무아(영양류 동물 – 옮긴이 주)를 밀렵해놓았을지도 몰라……."

그는 손짓발짓해가며 이렇게 말했다. 그의 짧은 독일어 실력으로는 그 정도로 복잡한 것을 설명할 수가 없었던 것이다.

동틀 무렵, 우리는 이 도시 입구로 나갔다. 우리는 잘 모르지만 저쪽에서는 이미 우리를 아는(이방인이라서 그런 거겠지!) 사람들이 벌써 많이 모여있었다. 목이 쉰 살람, 푸른색 정장, 엄청나게 큰 물방울무늬 넥타이, 아침에 면도를 하다 베는 바람에 아직까지도 핏자국이 남아있는 잘 생긴 얼굴들, 그리고 먹을 것이 잔뜩 실려있고 그 사이사이에 바이올린과 류트를 끼워놓은 짐마차. 한쪽에서는 아이웁이 우리들 타라고 빌려온 초록색과 보라색 자전거 두 대를 한 소년이 붙잡고 있었다. 오기로 했던 사람들이 다 모이자 각자가 가져온 비둘기를 놓아주었고(일요일에 비둘기를 날려 보내는 것이 이곳 풍습이었다), 우리는 짐수레에 탄 사람들이 흥청거리며 뒤따라오는 가운데 알록달록한 색깔의 자전거를 타고 그라드스코로[11] 이어지는 도로로 접어들었다.

이곳에는 자전거가 드물었다. 자전거를 탄다는 것은 오직 부유한 사람들만이 누릴 수 있는 사치이자 그들만의 무궁무진한 화젯거리였다. 카페에서는 사람들이 상표와 안장의 부드러운 정도, 혹은 페달의 견고성에 관해 입에 침을 튀겨가며 격론을 벌이는 걸 볼 수가 있었다. 자전거를 가지고 있는 운 좋은 사람들은 곰곰이 연구해서 자전거에 여러 가지 색깔을 칠하기도 하고, 몇 시간 동안 윤이 반질반질 나게 닦기도 하고, 방의 침대 옆에 모셔놓고 바라보며 꿈을 꾸기도 했다.

몇 킬로미터쯤 가서 노란색 자두나무들이 꼭 무슨 통로처럼 양쪽으로 길게 늘어선 곳을 지나니 포플러나무로 둘러싸인 풀밭이 나타났고 풀밭이 끝나는 곳에 방앗간이 있었다. 그 앞에서는 방앗간 주인이 책상다리를 하고 앉아 절구를 갈고 있었다. 그는 300킬로그램은 족히 나갈 돌을 다시 절구에 올려놓기 위

살람 이마에 오른손을 대고 인사하는 이슬람식 인사법으로 '평화'라는 의미를 담고 있다.

해 우리가 도착하기만을 기다리고 있었다. 우리들 중에서 여섯 명이 나서서 그걸 구멍에 끼우고 방앗간 주인이 떨어지는 물의 양을 조절하고 나서 곡식을 붓자, 찧어진 곡식이 들보를 하얗게 뒤덮기 시작했다. 그러자 방앗간 주인은 가죽을 토마토와 양파 바구니 주변의 풀밭 위에 넓게 펼치고 푸른색 에나멜 커피포트 에 증류주를 가득 따랐다. 우리는 무릎을 꿇고 앉아 신나게 먹어 댔고, 그동안 아이웁은 류트를 넓적다리 사이에 끼우고선 목의 동맥이 부풀어오를 정도로 온 힘을 다해 찢어질 듯한 흐느낌으 로써 우리 마음을 달래주었다. 화창한 날씨였다. 휴식을 취하고 있는데 웬 한숨소리 같은 게 방앗간 한가운데서 들려왔다. 솥 밑 바닥에 가지를 겹쳐 깔고 그 위에 샤무아 한 마리를 올려놓고 삶 고 있었는데, 수증기가 훅훅 가을하늘을 향해 솟아오르는 소리 였다.

고함소리, 합창소리, 그라드스코에서도 들을 수 있을 만큼 날카로운 이발사의 〈아마네〉('아만, 아만'이라는 말로 끝이 나는 터키 합창곡 - 글쓴이 주) 소리가 여기저기 흩어져 있는 사냥꾼들을 우 리가 있는 풀밭으로 불러모았다. 이슬람교도들은 우리가 앉아 있는 자리로 오자마자 고추를 입 속에 꾸역꾸역 집어넣고는 만 족스럽다는 표시로 노루 사냥용 총을 몇 발 공중을 향해 발사했 다. 환영을 덜 받은 마케도니아인들은 몇 걸음 떨어진 곳에 있 는 그루터기 위에 자리잡더니 사냥총을 무릎 위에 올려놓고 방앗간 주인이 던져주는 담배를 공중에서 받았다. 그리고 멀찌감치 떨어져서 총을 한두 발씩 쏘아올렸는데, 그것은 말하자면 함께 어울리고 싶다는 그들 나름대로의 소심한 의사표시랄 수 있었다. 증류주가 계속 돌았다. 터키인을 위해서 건배하고, 우리를 위해서 건배하고, 말을 위해서 건배하고, 그리스인과 알바니아인들과 불가리아인들과 민병대원들과 군인들과 기타 신을 믿지 않는 사람들의 통합을 위해 건배해야 했던 것이다. 마케도니아의 언덕 사이를 어슬렁거리던 모든 심술궂은 자들은 여기저기 흩어져서 실컷 음란패설을 즐겼다.

보람찬 일요일이었다. 잔뜩 취한 방앗간 주인은 여러 개의 탄약통에 총알을 장전하더니 자기가 키우는 닭 중 절반이나 되는 숫자를 쏘아 죽이고는 비틀거리면서 방앗간 안으로 털을 뽑으러 갔고, 그동안 그의 친구들은 선택된 자의 자랑스런 미소를 입술에 띠고 서로 총을 돌려가며 사방에 대고 빵빵 쏘아댔다.

샤무아의 뼈에 붙어있는 살점까지 다 뜯어먹고 난 우리는 낮잠을 즐기기 위해 다들 토끼풀 위에 길게 드러누웠다. 그러고 있노라니 땅이 등을 밀어올리는 것처럼 느껴졌다. 여섯시가 다 되어가는데도 어느 한 사람 일어날 기미를 보이지 않기에 우리는 그냥 프릴레프로 돌아왔다. 우리가 탄 자전거에서 불꽃이 튀었다. 다리는 끊어질 듯 아팠지만 꼭 일을 하고 싶었다. 머리가 호수처럼 맑았다. 꽉 찬 위는 소박한 만족감으로 부풀어올랐다. 행복한 광경만큼 사람을 기분 좋게 만드는 건 없다.

터키 사람들은 일요일과 야외를 요령껏 최대한 잘 이용한다. 시내로 돌아가면 프릴레프 주민들 때문에 사는 게 고달파지기 때문이다. 베오그라드가 자기들을 착취한다고 생각하는 마케도니아인들은 옛날에 자신들을 엄청 괴롭혔던 이 터키 이슬람교도들에게 화풀이를 해댔다. 물론 그건 잘못이다. 도시에 사는 일부 터키인들은 가족들끼리 굳게 뭉쳐 정직하게 잘 살고 있었으며, 이들의 영혼은 마케도니아인들의 영혼보다 고통을 덜 받았다.

터키 사람들은 뾰족탑과 구원을 베푸는 정원 사이의 목가적인 섬(악몽을 잘 막아주는)에서 산다. 참외 재배와 터번, 은종이로 접은 꽃, 턱수염, 곤봉, 효심孝心, 산사나무, 골파(백합과의 여러해살이 풀 – 옮긴이 주), 방귀, 그리고 풋과일 냄새에 매혹당한 곰이 이따금씩 밤에 나타나서 귀찮게 만드는 자두 과수원에 대한 그들의 강한 애착.

프릴레프 출신들은 터키인들의 도움을 안 받고 그들과 거리를 유지하면서 그들을 교활하게 들볶는 쪽을 택했다(너무나 큰 고통을 겪은 나머지 세월이 한참 흘렀는데도 이해관계는 따져보지도 않고 뜬금없이 복수를 하려고 하는 그 모든 민족들처럼).

마케도니아 방언은 그리스와 불가리아, 세르비아, 터키 단어들은 물론 지방 특유의 말투까지 뒤섞여있다. 마케도니아인들은 세르비아인들보다 더 빨리 말하고, 대화하는 사람들은 참을성이 부족하다. 말하자면, 베오그라드에서 주위들은 문장은 여기서는 통하지 않는다는 얘기다. 관棺 짜는 사람들이 티에리에게 시간을 물어볼 때마다 항상 같은 일이 벌어졌다. 즉 한쪽은 자기는 그걸 말할 수 없다고 손짓하며 시계의 글자판을 가리켜보이고, 또 한쪽은 자기는 그걸 읽을 수 없다고 손짓하는 것이다. 최소한 우리는 무엇이 불가능한가에 대한 이해에는 항상 도달할 수가 있었다.

관을 짜는 사람은 오리목을 대패로 다듬으면서 이웃에서 총포 가게를 하는 친구와 잡담을 나누는데, 이거야말로 기가 막힌 우연의 일치가 아니겠는가. 그들의 대화에는 갑작스럽게 터져나오는 웃음소리와, 자꾸 보다 보면 결국에는 그 뜻을 알게 되는 공중변소의 낙서에 나오는 것 같은 그런 단어들만 계속 등장할 뿐 죽음은 결코 등장하지 않는다. 관으로 말하자면 합판이나, 심지어는 아주 아름답게 장식된 종이를 씌운 나무판자들을 얼기설기 엮어놓은 것에 불과하였다. 주황색도 있고 검은색도 있고 푸른색도 있었는데, 그 위에 금색을 더덕더덕 칠하고 끝에 은색 페인트로 세 잎 장식이 붙은 십자가를 그려놓았다. 그건 사실 겉만 번지르르하지 사실은 어린아이가 발로 툭 한 번 차면 부서져버릴 수도 있는 형편없는 모조품이었다. 하지만 나무가 드문 이곳에서 도대체 왜 좋은 목재를 땅 속에 파묻는단 말인가?

목수는 죽음을 위해 일을 하다 보니 결국은 행동도 죽음을 닮게 되었다. 낮잠 자는 시간이 되면 그는 턱을 들어올리고 솥뚜껑만 한 두 손을 배 위에 올려놓은 채 두 개의 버팀 다리가 받쳐주는 널 위에 드러누워 잠을 잔다. 그가 쉬는 숨도 잘 보이지 않는다. 심지어는 파리들까지도 속아 넘어갈 정도다. 널이 좁기 때문에 움직였다가는 떨어질 것이다. 그리고 떨어지면 죽을 것이다.

축제일이 되면 목수는 꽃집 주인이나 과자점 주인처럼 자신의 상품을 가격별로, 그리고 나이별로 나누어 길거리에 진열해놓았다. 진열품은 좀 섬뜩했지만, 이 도시에서 이것만큼 색깔이 아름다운 건 없었다. 한번은 검은 옷을 입은 시골 여인이 그 앞에서 걸음을 멈추더니 열심히 흥정을 한 끝에 작은 관 하나를 겨드랑이에 끼고 단호한 걸음걸이로 사라졌다. 그렇게 인상적인 장면은 아니었다. 왜냐하면 이곳에서는 삶과 죽음이 마치 두 악녀처럼 누구 말려주는 사람조차 없이 매일같이 대결을 펼치기 때문이다. 잃어버린 시간을 되찾느라 살기가 무척 고달픈 나라에서는 싸움을 말려줄 정도의 배려조차 이루어질 수가 없다. 여기서 미소 짓지 않는 얼굴은, 졸고 있거나 아니면 이를 갈고 있는 얼굴뿐이다. 피로나 근심걱정이 차지하지 않는 순간들은 마치 먼 곳에서도 들려야 하는 폭죽처럼 만족감으로 가득 채워진다. 살아가는 데 도움이 되는 것은 그 어느 것 하나 허투루 취급되지 않는다. 그렇기 때문에 그들의 음악은 강렬하며 유고슬라비아에서 최고로 진한 감동을 불러일으키는 것이다. 긴장하고 불안해하던 목소리들이 문득 밝고 쾌활해지자 꼭 무슨 절박하고 긴급한 일이 일어난 것처럼 음악가들이 악기를 향해 덤벼드는 걸 보라. 요컨대 단 한순간의 방심도 없이 경계하고 있는 것이다…… 그것은 시간을 허비해서도 안되고 잠을 자서도 안되는 전쟁이다…….

나는 밤이면 충분한 시간을 갖고 벼룩들과 싸우며 거기에 관해 생각해 보았다. 벼룩이란 놈들은 나를 악마처럼 괴롭혔다. 나는 도시 어디에서나 그놈들을 볼 수 있었다. 식품점 주인이 치즈를 자르기 위해 허리를 숙였는데…… 벼룩 한 마리가 그의 셔츠 속에서 기어 나오더니 턱을 지나(그런데도 그는 눈썹 하나 까딱하지 않았다) 목울대로 내려가서 플란넬 내복 속으로 사라졌다. 설령 내가 그놈을 순간적으로 시야에서 놓쳤다 하더라도 그냥 포기해버리면 될 일이었다. 그놈이 나랑 아무 상관없다면 말이다. 하지만 그게 아니었다. 그 벼룩은 나의 철천지원수였다. 밤이 되어 시트를 제치면 꼭 빨간 먼지처럼 내 얼굴을 덮치곤 했고, 그럴 때마다 DDT나 물을 왕창 뿌려봤지만 아무 효과가 없었다.

그렇지만 티에리는 방의 반대편 끝에서 벼룩에게는 단 한 번도 안 물리고 두 손으로 머리를 괸 채 열 시간 동안 잠만 푹 잘 잤다.

이 곤충들, 내 몸을 마비시키려고 애쓰며 마셨던 높은 도수의 포도주, 혹은 떠나왔다는 데서 느껴지는 행복감은 동이 트기도 전에 나를 잠에서 깨우곤 했다. 방은 어둠 속에, 그리고 테레빈유와 붓 냄새 속에 잠겨 있었다. 침낭을 뒤집어쓴 티에리가 큰 소리로 잠꼬대를 해댔다.

"내 그림에다가 오줌 싸지 마…… 어, 파리다!"

그는 얄미울 만큼 차분한 자세로 다시 그림을 그리기 시작했다. 나는 초고를 앞에 둔 채 여전히 글을 쓰는 척하면서 꼭 경찰 앞에 선 소년처럼 벌벌 떨었다. 신발을 손에 들고 계단을 내려갔다. 가슴이 메어오고 정신은 극도로 예민해졌다. 바위에서 풍기는 향기가 이따금씩 산에서 내려와 길거리를 쓸고 지나갔으며, 나는 그 거리의 차가운 먼지를 발로 밟았다. 아직 날이 밝지 않았지만, 몸을 꾸부린 희끄무레한 형체들이 이미 담배밭에서 일을 하고 있었다. 태양이 맨처음 산꼭대기에 닿자 도시 주위에서 당나귀들이 히잉 우는 소리, 길가에서 수탉들이 꼬꼬댁거리는 소리, 그리고 이어서 뾰족탑 꼭대기에서 비둘기들이 구구거리는 소리가 들려왔다. 그러자 9월 동틀 무렵의 안갯속 도시가 뜻밖에도 거듭 용기를 낸 듯 상쾌하고 청정하게 미끄러지듯 움직였다. 그 순간, 이 도시의 벼룩이, 그리고 이 도시의 무관심과 이중성이 너그러이 용서되었다. 그리고 나는 이 도시가 더 나은 미래를 맞기를 간구하였다.

호텔 안마당을 통해 내 방으로 들어가던 나는 분뇨 수거를 맡은 하녀와 우연히 마주치게 되었다. 아무 것도 신지 않은 큼지막한 발로 굳건하게 서있는 이 건장하고 혈색 좋고 다부진 아가씨는 혼잣말로 뭐라고 중얼거리면서 똥을 나르다가 복도에서 나와 마주치면 허스키한 목소리로 인사를 하곤 했다. 어느 날 실수로 독일어로 대답하자 그녀는 문득 걸음을 멈추더니 금방이라도 넘쳐흐를 것처럼 위태위태해 보이는 양동이를 내려놓고 깨진 이빨이 다 드러나 보이도록 환하게 미소 지었다. 사실 나는 그녀가 양동이를 조금 더 멀리 떨어진 곳에 내려놓았으면 했다. 그 순간, 암퇘지처럼 뚱뚱한 그녀에게서는 기대하기 힘들 만큼 여성적이고 명랑한 느낌이 그녀의 상큼한 미소에서 풍겨나왔다.

그녀가 눈썹을 치켜 올리며 독일어로 물었다.

"저기…… 독일 분이에요?"

"아닌데요."

그녀가 앞치마 위에 포개어 올려놓은 두 손에는 손톱이 없었으며, 발톱 역시 보기 흉하게 으깨어져 있었다.

그녀가 계속 독일어로 말했다.

"전 유대인이면서 마케도니아 사람이에요. 그래서 독일어를 좀 하지요. 전쟁이 일어났을 때…… 3년 동안…… 라벤스부르크 수용소에 있었어요……. 정말 유감스럽게도…… 친구들이 다 죽었어요. 이해하시죠……?"

그러고 난 그녀가 만족스러운 표정을 지으며 말을 끝맺었다.

"그래서 독일어를 아주 잘한답니다."

그 뒤로 나를 만날 때마다 그녀는 내게 손짓을 해보이거나 아니면 의미있는 윙크를 했다. 독일에 가보았다는 것(물론 전혀 다른 상황에서), 그것은 그녀와 내가 갖고 있는 최소한의 공통점이었다. 나는 이 여성을 잊을 수가 없다. 그리고 추억과 타협하는 그녀 특유의 방법 역시 잊을 수가 없다. 삶이란 어느 정도의 고초나 불행을 극복하고 나면 이따금 다시 각성하여 모든 걸 치유해 주기도 한다. 시간이 지나면 강제수용은 여행의 한 형태가, 아무 부담없이 다시 이야기할 수 있는 여행이 되기도 한다. 두려움을 용기로 바꾸어놓는 무시무시한 기억 능력 덕분이다. 세상을 보는 모든 방식은 다 좋다. 나중에 그것에 관해 다시 이야기할 수만 있다면 말이다. 이것은 옛날에 그녀를 괴롭혔던 자들에게는 부끄러운 역설이다. 즉 독일에서 보낸 시절이 그녀의 자존심을 세우는 중요한 화제가, 자기네 나라에서 고통받는 걸로 만족했던 모든 불행한 프릴레프 사람들이 부러워할 수도 있는 하나의 모험이 된 것이다.

정오가 되었다. 양파 하나, 고추 하나, 흑빵, 염소 치즈, 백
포도주 한 잔, 거품 나는 쌉쓰름한 터키식 커피. 꼬치에 꿰서 구
운 양고기를 먹고, 남등나무 아래 앉아 자두술을 좀 마셨더니 식
사비가 약간 더 들었다. 마지막으로 이 지역에서 생산되는 아주
맛좋은 담배를 피우고 우편물을 부쳤다. 우리 두 사람이 하루에
700디나르(3000원 정도 – 옮긴이 주)면 살 수가 있다.

목이 마르면, 귀를 갖다대고 손으로 두드려봐서 톡톡 소리
가 나는 수박을 먹는 게 최고다. 물은 안 마시는 게 낫다. 프릴레
프 주민들은 자신들의 물을 그다지 자랑스럽게 생각하지 않는
다. 맛이 좀 약하다 못해 밍밍하다는 것이다. 나는 그런 걸 전혀
못 느꼈다. 하기야 스위스 같은 나라의 기후에서 도대체 누가 물
맛에 신경을 쓴단 말인가? 이곳에서는 좋은 물을 찾는 것이 일
종의 습관이 되어있다. 설령 샘까지 10킬로미터가 떨어져 있다
할지라도 물맛만 좋다면 거기까지 걸어가라고 권하는 것이다.
이곳 사람들은 보스니아를 좋아하지 않는다. 하지만 다들 정직
하기 때문에, 보스니아의 물이 다른 곳과는 비교가 안 될 정도
로 맛이 좋고 원기를 회복시켜 준다는 사실을 어쩔 수 없이 인정
한다…… 그들은 그런 말을 하고 난 뒤에는 꼭 뭔가를 생각하며
침묵을 지키다가 혀를 끌끌 차곤 했다.

다른 것도 조심해야 한다. 파리들이 떼로 몰려들어 앉아있다 간 흠 있는 과일은 먹지 말아야 하고, 얼마만큼의 비곗조각은 본능적으로 접시에 그냥 남겨두어야 하며(식사예절에 어긋나지 않는 한), 과립성 결막염에 걸리고 싶지 않으면 악수를 하고 난 뒤에는 눈을 비비지 말아야 한다. 이건 경고일 뿐 반드시 지켜야 하는 법은 아니다. 이미 오래 전에 사라졌던 몸의 음악을 조금씩 되찾아 그것과 자신을 일치시키기만 하면 된다. 이 지역의 먹거리는 해독제(차와 마늘, 요구르트, 양파 등등)를 많이 포함하고 있으며, 건강이란 견뎌내기가 쉬울 수도 있고 어려울 수도 있는 일련의 감염으로 이루어진 동적動的 균형상태라는 사실 역시 기억해야 한다. 그러다가 견뎌내지 못하면 상한 무나 오염된 물을 마시고 지독한 설사병을 며칠 동안 앓으며, 이마에 땀이 흥건한 채 터키식 화장실로 쏜살같이 달려가서 만사 포기하고 누가 주먹으로 문을 쾅쾅 두드리든지 말든지 아예 거기 퍼질러 앉을 수밖에 없다. 왜냐하면 설사병은 숨돌릴 시간을 거의 주지 않기 때문이다.

이렇게 몸이 쇠약해져 있을 때는 도시가 나를 공격한다. 공격은 돌연히 이루어진다. 날씨가 찌푸리고 비가 조금만 내렸다 하면 길거리는 수렁으로 변한다. 그러면 땅거미가 지고, 조금 전까지만 해도 너무나 아름다웠던 프릴레프는 꼭 값싼 종이처럼 구겨져버린다. 도시가 가질 수 있는 온갖 보기 흉하고 구역질나고 해로운 것들이 악몽처럼 그 모습을 분명하게 드러낸다. 상처 입은 당나귀 옆구리, 열이 있어 보이는 눈과 기워놓은 웃옷, 카리에스에 걸린 턱, 500년간 계속된 점령과 음모로 형성된 새되고 신중한 목소리들. 마치 고기가 두 번 죽을 수도 있다는 듯 도움을 요청하는 것 같은, 정육점의 엷은 자주색 내장까지도 그렇다. 처음에는 증오로써 나 자신을 방어한다. 그게 논리적이기 때문이다. 나는 마음속으로 길거리에 산酸을 쏟아 붓고 상처를 불에 태운다. 그러고 나서 질서를 무질서와 대립시킨다. 내 방으로 돌아가서 마룻바닥을 비로 쓸고, 얼굴을 박박 문지르고, 간단하게 편지를 쓴 다음, 미사여구도 동원하지 않고 억지로 뜯어 맞추지도 않고 속임수도 안 쓰려고 애쓰면서 내 일을 한다. 그것은 아마도 오랜 역사를 가지고 있을, 그렇지만 내가 현재 가지고 있는 것으로 치를 수 있는 아주 겸허한 의식이다.

기운을 회복하면 나는, 소나기가 그치자 김이 모락모락 피어오르는 흰 집들과 깨끗이 씻겨진 하늘을 배경으로 길게 뻗어 있는 산맥, 보는 사람에게 안도감을 불러일으킬 만큼 억센 잎사귀로 도시를 둘러싸고 있는 수많은 담배 모종들이 황혼에 물들어가는 것을 창문을 통해 바라본다. 나는 다시 견고한 세계 속에, 커다란 은빛 성상聖像 한가운데 자리잡는다. 도시는 다시 소생하였다. 꿈을 꾸었나보다. 앞으로 열흘은 이 도시를 사랑하게 되리라. 다음에 또 발작할 때까지. 말하자면 도시는 그런 식으로 예방주사를 놓아준다.

여행은 몸을 털고 일어나 기운을 차릴 기회를 제공한다. 그렇지만 사람들이 생각하는 것과 달리 자유를 주지는 않는다. 오히려 일종의 축소를 경험하게 해줄 뿐이다. 일상적인 주변 환경에서 벗어나 자신의 습성을 박탈당한 여행자는 마치 포장지가 벗겨지듯 자기 자신이 보잘 것 없는 크기로 줄어든 것을 보게 된다. 하지만 그는 좀 더 왕성한 호기심과 날카로운 직관을 발휘하게 되고, 첫인상을 보다 더 중요하게 생각하게 된다.

그리하여 어느 날 아침, 우리는 농부가 강으로 끌고 나와 이제 막 다 씻긴 암망아지의 뒤를 아무 이유도 없이 따라갔다. 발을 높이 올리며 걷는 이 암망아지의 눈은 반쯤 뜬 눈꺼풀 아래에서 밤색을 띠고 있었으며, 흠 하나 없이 깨끗한 털로 뒤덮인 근육은 우아하면서도 당당하게 출렁거렸다. 이 암망아지야말로 내가 유고슬라비아에서 본 것들 중에서 가장 여성적이었다. 길거리의 가게주인들이 고개를 돌려 이 암망아지를 바라보았다. 우리는 꼭 노령의 호색한들처럼 먼지 속에서 갓 만들어지는 암망아지의 발자국을 아무 말 없이 따라갔다. 우리는 말 그대로 우리 눈을 씻어낸 것이다. 왜냐하면 눈은 예를 들면, 솟아오른 담배움이라든지 비단처럼 부드러운 당나귀 귀, 어린 거북이의 등딱지 등 우리가 오직 자연 속에서만 발견할 수 있는 그런 새롭고 온전한 것들을 필요로 하기 때문이다.

여기서는 자연이 엄청난 활력을 발휘하며 쇄신되기 때문에 거기 비교해볼 때 인간은 이미 늙어서 태어난 것처럼 보일 정도다. 얼굴은 꼭 기차 선로 위에서 평평해진 동전처럼 곧바로 단단해지고 변색된다. 햇볕에 타고, 흉터가 생기고, 수염과 천연두, 피로나 근심걱정으로 인해 여기저기 주름이 진다. 가장 인상적인 얼굴, 가장 잘생긴 얼굴, 심지어는 소년들의 얼굴조차도 군화를 신은 병사들이 밟고 지나간 것처럼 보일 정도였다. 우리나라에서와는 달리 이곳에서는 매끈하고 사색적이고 건강하기 때문에, 아직은 완전한 형체를 이루지 않아서 앞으로 모든 걸 새겨나가야 할 얼굴을 결코 볼 수가 없다.

오직 나이든 사람들만이 삶으로부터 짜낸 신선함을, 제2등급의 신선함을 가지고 있다.

도시를 빙 둘러싸고 있는 작은 정원에 가면 수염을 정성스레 다듬은 이슬람교도들이 콩밭에 모포를 깔고 그 위에 앉아 침묵 속에서 흙 냄새를 들이마시며 이제 막 비치기 시작한 햇빛을 온몸 가득히 받아들이는 모습을 볼 수가 있다. 그런 자세를 취하고 있는 사람들에게서는 자신의 내면으로 침잠하여 명상 속에서 행복을 느끼는 재능이 느껴졌는데, 그같은 재능은 시골에 살고 이슬람을 믿음으로써 얻게 된 것이었다. 그들은 우리를 보자 소리쳐 부르더니 앉으라고 권한 다음 바지에서 주머니칼을 꺼내어 수박을 잘라주었다. 수박을 먹고 나자 입에서 귀까지 끈적끈적한 연분홍색 자국이 남았다.

이렇게 해서 우리는 독일어를 몇 마디 알고 있는 이슬람 사원의 뮐러(이슬람 국가에서 율법학자를 존대하여 부르는 말 – 옮긴이 주)를 우연히 만났다. 그는 담배를 말아서 우리들에게 건네더니 뾰족탑을 가리키며 자기 소개를 했다. 그런데 당신들은?

"한 사람은 화가이고, 또 한 사람은 저널리스트입니다만……."

"그럼 편히들 쉬시오."

이런 직업에 관해서 전혀 아무런 가치도 부여하지 않는 이 뮐러는 독일어로 이렇게 정중하게 대답하고 나서 명상을 계속했다.

어느 날 아침, 쭈그리고 앉아 한쪽 눈은 감고 또 한쪽 눈은 파인더에 갖다대고 이슬람 사원 사진을 찍고 있는데 뜨겁고 거칠고 외양간 냄새를 풍기는 무언가가 내 머리에 와 부딪쳤다. 나는 당나귀(이곳에는 당나귀가 많고 또 사람들이랑 친해서 종종 주둥이를 겨드랑이 밑으로 밀어넣곤 했다)가 그러는 줄 알고 아무 일 없는 듯 계속 사진을 찍었다. 하지만 그건 나이든 농부로서, 적게는 일흔 살, 많게는 여든 살이나 된 자기 친구들을 웃기려고 살금살금 다가와서 뺨을 내 뺨에 갖다댄 것이었다. 그는 허리가 휘어질 정도로 웃어대며 돌아갔다. 아마도 그는 유쾌한 하루를 보냈으리라.

바로 그날, 나는 자드란 카페 창문을 통해 모피로 안을 댄 챙 없는 모자를 쓰고 튀긴 해바라기 씨를 몇 개를 수염에 묻힌 채 넋 나간 표정으로 나무로 만든 작은 바람개비를 불고 있는 노인을 보았다. 아직도 저렇게 젊게 살다니, 하나님께 감사할 일 아닌가!

이 나이든 사람들이야말로 이 도시에서 가장 유쾌한 사람들이다. 머리칼이 점점 더 하얘지고 허리가 조금씩 더 굽으면 굽을수록 이들은 더 대범하고 더 초연해지면서 아이들이 담벼락에 그려놓는 그 영감님들을 점점 닮아간다. 이지적인 것이 감성적인 것을 희생시키며 발달해온 우리나라에는 이런 호인이 드물다. 하지만 이곳에서는 짓궂고, 장난치기 좋아하며, 거짓 없이 참된 이런 존재들을 매일같이 만날 수가 있다. 나는 건초를 나르거나 구두를 수선하는 이런 사람들을 보면, 있는 힘껏 부둥켜안은 채 엉엉 울고 싶어진다.

토요일 밤 춤추는 사람들을 위해 마케도니아 호텔 정원에서 반주를 한 아코디언 연주자는 실력은 괜찮았으나 아코디언 풀무에 구멍이 나 얼굴로 차가운 공기가 분출되는 바람에 두 눈을 거의 다 감고 연주를 해야만 했다. 티에리가 그에게 아코디언을 빌려주었는데, 그건 죽은 사람이라도 벌떡 일어나게 할 만큼 파워풀한 '120 베이스'였다. 그 때문에 아코디언 연주자는 죽어라고 연주하고 죽어라고 퍼마셨고 우리는 그가 악기를 메고 길게 드러누워버리기 전에 웃음을 터뜨리며 함께 덤벼들어 그걸 빼앗아야만 했다.

세르비아도 그렇고 여기도 그렇고, 음악은 하나의 열정이다. 또한 이방인들에게는 음악이 '열려라, 참깨!'이기도 하다. 음악을 사랑하면 친구가 생기기 때문이다. 만일 녹음을 한다고 하면, 너나 할 것 없이, 심지어는 경찰까지 나서서 음악가들을 붙여주려고 애쓸 것이다.

그리하여 우리가 출발하기 며칠 전, 아침 댓바람에 한 성악 교사가 찾아오더니 전국에서 백파이프를 제일 잘 부는 학생이 자기 반에 있다고 우리 방 창문 아래서 큰 소리로 외쳤다. 그를 따라가기는 했지만, 왠지 불편했다. 우리가 그 정도까지 원한 건 아니었는데, 막상 보니 그가 말한 백파이프 연주자는 대단한 실력을 갖춘 나이가 지긋한 인물이었다. 애꾸눈에 머리가 홀라당 벗겨지고 눈에 장난기가 가득한 이 노인은 백파이프를 무릎 사이에 끼워넣고 흑판 아래서 꾸벅꾸벅 졸고 있었다. 그의 이름은 레프테리아(대충 '자유'를 뜻하는)인데, 30년 동안 마케도니아로 이어지는 길마다 돌아다니면서 결혼식과 세례식에서 연주를 해왔다고 하였다. 그는 교사 때문에 이렇게 궁지에 몰리자 기분이

상한 듯하였다. 그래서 우리는 그를 자드란으로 초대하여 술을 넉 잔이나 사야만 했고, 그때서야 그는 연주를 하기로 마음을 굳혔다. 그 사이에 그의 연주를 듣기 위해 관 짜는 사람과 우체국 직원, 당 비서, 그를 존경하는 30대 남자들이 주위에 구름떼처럼 몰려들었다.

태양은 중천에 떠있었고 날씨는 지독하게 더웠다. 백파이프에서는 고약한 기름 냄새가 풍기고 가죽은 무두질이 제대로 되지 않은 탓에, 땀이 구슬처럼 맺힌 그의 대머리 위에서 엄청나게 많은 파리 떼가 몰려들어 윙윙거리며 일종의 후광을 만들어냈다. 백파이프는 순 양가죽으로 만들어졌으며, 윗부분에는 주둥이가, 아랫부분에는 저음관低音管과 구멍이 다섯 개 뚫린 파이프가 붙어있었다. 그는 이 파이프 위에 손가락을 갖다대고 주머니에서 세차게 분출되는 일진一陣의 시큼한 공기를 능숙하게 다루었다. 그는 신부가 신혼집 문턱을 지나며 신랑을 향해 부르는 혼가婚歌를 연주했다.

당신은 나를 우리 아버지 우리 형제들이랑 떼어놓았어요
당신은 나를 우리 어머니랑 떼어놓았어요
오! 도대체 내가 왜 당신을 사랑한 거죠?

보통 마케도니아의 곡조에는 교회음악을 연상시키는 뭔가

난해하고 화려한 게 느껴진다. 심지어는 가장 활기찬 곡조에도 좀 기독교적인 우울한 분위기가 감돌 정도다. 잡초만 무성하게 자라나고 있던 시절에도 비잔틴 수도원의 수도사들이 찬송가와 성가를 똑같이 거칠고 날카롭고 피맺힌 목소리로 불렀으리라. 하지만 백파이프는 예외였다. 그것의 사용법은 아트레우스 왕조 이래로 바뀌지 않았던 게 틀림없다. 백파이프는 어치 울음소리라든지 억수처럼 내리는 빗소리, 쫓기는 소녀의 공포 등 태고의 것들을 표현하기 위해 고대에 만들어진 악기다. 그리고 이것은 정말로 팬(송풍기)의 악기다. 왜냐하면 풀무와 가죽부대, 그리고 부는 구멍 모두가 이 팬이 지배하고 있기 때문이다. 노인의 연주 속도가 점점 더 빨라졌다. 우리는 넋을 잃었다. 그가 마지막 춤곡을 연주하자 절박한 꼬꼬댁 소리가 태고의 저 깊고 깊은 곳으로부터 솟아났다. 방은 사람들이 너무 많이 모여드는 바람에 어두컴컴해졌다. 카페를 꽉 채운 사람들의 엉덩이와 발가락이 들썩거렸다.

자기 입맛대로 프로그램을 편성하는 프릴레프 라디오방송국 담당자는 그날부터 우리를 즐겁게 해주기 위해서 광장에 설치된 스피커를 통해 프랑스 음악을 몇 곡씩 들려주었다. 태양이 찌는 듯 더운 길거리를 버려둔 채 떠나고 도시가 반쯤 감긴 눈으로 우리를 바라보는 시간이 되면, 전율하는 듯한 라벨 4중주곡이 손수레와 지붕 위로 날아올랐고, 우리는 확신에 찬 마르크스주의자가 친절하게도 우리에게 제공하는 이 즐거운 방송을 15분 동안 청취했다.

프릴레프에는 투사들이 많이 살고 있었다. 운이 가장 좋은 사람들은 동상이 되어 공산주의 신조가 쓰인 책 위에 한손을 올려놓고 먼지 자욱한 광장에 서있든지, 아니면 스코플레에 자리한 마케도니아 정부에서 한 자리씩 차지하고 있었다. 다른 이들로 말하자면, 사람들이 작은 소리로 이름을 소곤대는 민병대의 몇몇 영향력 있는 인물과 수많은 이 지역 출신들이 용감하게 레지스탕스에 뛰어들었고, 이따금은 자기네들이 혁명을 완수했다는 사실에 오히려 어리둥절해하는 것 같았다.

그렇기는 하지만 그게 그들이 처음으로 이룩한 혁명은 아니다. 프릴레프는 항상 코뮌이나 지역 차원에서 정부와 맞섰던 저항의 도시였다. 최소한 10세기 이후로 남자들은 깊은 숲속으로 들어가 명예롭게 산을 지켜냈고, 그래서 때로는 산에 그들의 이름이 붙어있기도 했다. 불만을 가진 사람들은 항상 유격대 신분에 의지하였다. 하지만 이제는 끝났다. 항독 유격대가 권력을 잡은 이후로 이 지하단체는 더 이상 필요없게 된 것이다. 그것은 과거의 일이었고, 이 도시의 공산주의자들은 더 이상 거기 매달

아트레우스 그리스 신화에 나오는 영웅이자 아르고스의 왕. 형제간의 피비린내는 골육상쟁을 겪었으며 자신도 비극적인 죽음을 맞이해서 많은 비극작품의 소재가 되었다.

리지 않았다.

그들은 무엇보다도 젊은이들에게, 그리고 매우 적극적인 홍보에 관심을 가지고 있었다. 합창단을 만든 것도 그들이었다. 축구팀을 창단해서, 공격적인 선수들을 버스에 가득 태워 일요일마다 시합을 벌이게 하는 것도 그들이었다. 불에 타듯 뜨겁고 건조한 이 지역에서 인기를 끌 수 있는 수영장을 새로 지은 것도 바로 그들이었다. 젊은이들은 아침 여섯시부터 이곳으로 밀려들었다. 처음에 그들은 뺨에도 근육이 있을 정도로 체격이 좋은 젊은이들을 보며 즐거워했다. 그러다가 그들은 한결같이 때묻지 않고 순수한 이 젊은이들 중 많은 숫자가 장차 경찰이 될 수 있다는 생각을 해냈다. 그러면서 그들은 나지막한 목소리로 "국가 기구"라고 말했다. 이 진부한 표현은 우리의 마음을 약간 진정시켜주었다……. 그러다가 우리는 이 단어가 아직 국가도, 기구도 갖지 못했던 젊은이들이 상당히 매력을 느끼겠다는 사실을 깨달았다.

우리가 그리스로 출발하기 전날, 터키 출신 이발사 아이웁이 우리를 집으로 초대했다. 라디오를 보여주기 위해서였다. 그는 몇 년에 걸쳐 한푼 두푼 모은 끝에 이 멋진 라디오를 살로니카에 주문했는데, 맘만 같았으면 순금을 사다가 이 라디오를 도금하고 싶었지만 그럴 형편이 되지 않았으므로 그냥 유리함 속

12•

에 집어넣어 보관했다. 아이웁은 우리를 위해서 아무 어려움 없이 스위스 로망드 방송을 찾아주었다……. 떠난 지 겨우 6주일밖에 되지 않았는데도 아나운서들의 계몽적이며 점잔 빼는 목소리를 듣는 순간 우리는 소스라치게 놀랐다. 흑판을 두드리는 듯한 그 목소리야말로 우리나라 특유의 목소리였다. 나는 나 자신의 목소리도 그렇게 들릴까 봐 겁이 나서 감히 입을 열 수가 없었다. 나는 얼마나 오랫동안 여행을 하고 얼마나 많은 비열한 행위를 저질러야 그 목가적인 말투를 잃어버리게 될까 생각했다.

아이웁은 우리가 관심을 가져주자 몹시 기뻐했다. 그는 핵심을 찔렀고, 그의 라디오는 그를 배신하지 않았다. 그의 집에서는 모든 게 다 놀랄 만큼 잘 돌아갔다. 커피가 끓고 있었고, 마당의 당나귀는 글경이로 빗질이 잘 되어있었다. 또 자기 아내가 완벽한 여자라고 자신 있게 말했다. 우리는 그의 말을 믿지 않으려야 믿지 않을 수가 없었다. 왜냐하면 독실한 이슬람교도인 그녀는 우리 앞에 나타나기를 거부했던 것이다.

"그럼 장인어른께서는?"

"앉아서 담배를 피우고 계시지요."

그는 이렇게 대답함으로써 우리가 그의 가족에게 가지고

살로니카 그리스에서 아테네 다음으로 큰 도시다. 마케도니아 왕국 시절 종교·문화의 중심지였고, 테살로니키, 테살로니카라고도 한다.

있던 목가적인 이미지를 완성시켰다.

호텔로 돌아왔다. 달이 우리 등뒤에 떠있었다. 아이웁은 우리를 배웅해 주었고, 잘 손질된 그의 웨이브 진 머리칼은 어둠 속에서 좀 메스꺼운 값싼 향수 냄새를 확 풍겼다. 우리가 서부 영화가 상영되는 야외극장이 있는 시립공원에 도착하는 순간, 발전실의 퓨즈가 튀면서 꼭 양초가 꺼지듯 도시 전체가 정전되고 화면도 사라져버렸다. 낙심한 관객들의 웅성거림이 점점 더 커졌다.

아이웁이 한숨을 내쉬며 말했다.

"정말 가지가지 하는군……."

물론, 우리는 낄낄대며 웃었다. 짐을 다 싸놓고 그 다음 날 출발하기로 되어있었기 때문이다.

시간은 끓고 있는 차가 되어, 드문드문 이어지는 말이 되어, 담배가 되어 지나간다. 그러다 보면 동이 튼다. 점점 더 밝아지는 빛이 메추라기와 자고새의 깃털을 비춘다……. 그러면 나는 언젠가는 되찾으러 갈 기세로 이 경이로운 순간을 내 기억의 밑바닥에 서둘러 파묻는다. 기지개를 켜고 몇 걸음 걸으면 '행복'이란 단어가 내게 일어난 일을 묘사하기에는 너무나 빈약하게 느껴진다.

이 광활한 땅, 이 진한 냄새,
사랑을 하면
그렇게 되듯이

두 번째 이야기 아나톨리아 가는 길

그리스 – 유고슬라비아 국경

유고슬라비아를 떠나 그리스로 가다 보면 푸른색(발칸 사람들의
색깔)이 계속 여행자를 따라온다. 하지만 그것의 본질은 바뀐다.
어슴푸레한 어둠을 연상시키는 푸른색에서 환하고 짙은 푸른색
으로 바뀌면서 꼭 카페인처럼 신경을 자극하는 것이다. 그리고
다행이다. 왜냐하면 대화와 교환의 리듬이 훨씬 더 빨라지기 때
문이다. 유고에서 우리는 상대방이 알아들을 때까지 한 단어 한
단어 뜸을 들여가며 천천히 설명하는 습관을 들였다. 하지만 일
단 국경을 넘어서는 순간부터 그런 습관은 더 이상 필요없게 되
었다. 상대방은 당신이 한참 얘기를 하고 있는 도중에 황급히(그
는 당신이 무슨 말을 하려는지 알고 있다) 말을 자르고 나선다. 그리고

당신이 여전히 말을 하고 있는데도 일종의 무언극을 시작한다. 그의 대답은 이 무언극 속에 들어가있다.

때로 그리스인들은 당신이 기대하는 것 이상의 이해력을 발휘하기도 한다. 국경 초소에서 나는 소심한 사람들이나 받을 법한 유별나게 관대한 취급을 받았다. 평상시보다 조금 더 단호한 어조로 말을 했기 때문이었다.

처음 이틀 동안은 이같은 민활함에 번번이 허를 찔렸다. 그래서 처음에는 한 박자 늦게 대꾸하거나 동작을 취했으나, 이윽고 감각을 그들의 그것에 맞추자 적응이 되면서 재미있어졌다.

알렉산드루폴리스

꼭 무슨 화덕 안에 들어앉아있는 것처럼 푹푹 찌는 살로니카에[12]서 알렉산드루폴리스까지의[13] 도로를 지나 반들반들하고 동그란 포석이 깔린 작은 강둑에서 흰색 식탁보를 앞에 두고 앉자 문득 찔끔 눈물이 날 만큼 행복해졌다. 튀긴 생선들이 접시 위에서 꼭 금괴처럼 눈부시게 반짝이는 순간, 태양이 이 세상의 색깔이란 색깔은 있는 대로 다 제 몸속에 담아 보라색 바다 뒤편으로 사라져버렸다.

나는 원시문명에서 매일 밤 빛이 사라질 때마다 터져나왔을 그 아쉬운 탄성을 생각했다. 그리고 원시인들의 그런 행동이

너무나 당연한 거라는 생각이 문득 들어 내 등뒤에서 들려올 도
시 사람들의 울음소리에 귀 기울일 준비를 하였다. 하지만 아니
었다. 아무 소리도 들려오지 않았다. 그들은 분명히 거기 익숙해
졌을 것이다.

콘스탄티노플[14]•

도착한 날 아침, 차를 배에 싣고 아시아 쪽 해안으로 건너가서
숙소를 찾아 모다 지역의 골목길을 여기저기 돌아다니고 있는
데, 희미하기는 하지만 절박한 목소리가 우리를 프랑스어로 부
르기에 뒤를 돌아보았다. 우아한 상복에 큼지막한 자수정 브로
치를 달고 있는 백발의 뚱보 할머니였다. 그녀는 낮은 층계 위에
서 우리 짐을 유심히 살펴보며 뭔가가 떠오른다는 듯 뭘 찾느냐
고 물었다. 우리는 설명을 했다.

　　"지난주에 한철이 끝나긴 했지만 일할 사람도 아직 있고 게다
가 난 여행자들을 꽤 좋아한다우. 그러니 우리 집에 묵어도 돼요."

　　그녀는 금색 글자로 모다-팔라스$^{Moda-Palas}$라고 쓰여 있는
출입문 위의 간판을 물부리로 가리켰다.

　　빅토리아풍의 어두운 식당을 지나 침묵 속에서 우리 짐이

콘스탄티노플 이스탄불의 옛 이름. 비잔틴 제국, 오스만투르크 제국의 수도였다.

운반되었다. 짙은 황색 고양이 한 마리가 찬장 위의 화려한 크리스토플 찻주전자들 사이에서 잠자고 있었다. 꽃도, 나무도 다 시들어버린 정원 쪽에 면한 방에서는 밀랍과 곰팡이 냄새가 살짝 났다. 객실 담당 메이드와 웨이터, 그리고 주인인 완다 부인을 제외하면 호텔에는 아무도 없는 데다가 셔터까지 완전히 내려져 있어서 무덤 속보다 더 으시시했다. 우리는 자신도 모르게 목소리를 낮추고 있는 걸 깨닫고 화들짝 놀랐지만, 모다-팔라스를 통해 여행이 계속되어야 했기 때문에 이제는 묵묵히 따르는 수밖에 달리 도리가 없었다. 호텔 한쪽은 옛날에 왕위 계승권을 요구하며 소란을 피우던 왕자들을 유배 보냈던 '마르마라 바다'와 '왕자들의 섬' 쪽으로 면해 있었다. 다른 쪽은 언덕에 등을 맞대고 있었으며, 이 언덕에 올라가면 자주색 하늘 아래 펼쳐져 있는 유럽 해안과 페라탑, 그리고 활짝 핀 등나무 꽃, 정면이 물이 밴 나무 색깔을 띠고 다 허물어져가는 구시가의 대형건물을 볼 수가 있었다.

"근데 여기서 도대체 뭘 팔려는 거유?"

노파가 녹음기와 화판틀을 보며 다시 한번 물었다.

"그림도 팔고 글도 팔고⋯⋯ 어쩌면 강연 같은 것도 할 수 있고⋯⋯."

"그동안 살아오면서 운이 좋았수?"

"지금까지는 그런 편입니다."

"하지만 여기선 그런 행운이 잘 안 찾아올 거유. 나, 완다 부인, 자신 있게 말할 수 있어요."

그녀의 목소리에는 연민의 흔적이 담겨 있었다.

일주일 동안 도시를 답사하였다. 티에리는 그림을 전시할 만한 공간을 찾았다. 나는 뭔가 일거리가 없나 해서 신문사 편집국과 라디오 방송국, 문화단체를 돌아다녔다. 혹시 열등생을 찾아내어 가르칠 수 있을까 하여 우스퀴다르 프랑스어 학교까지 찾아갔다. 아무 소득도 없었다. 우리는 따가운 햇볕이 양쪽 어깨에 내리쬐는 가운데, 계획을 성공시키는 데 필수적이라고 판단해서 차려 입은 땀투성이 플란넬 정장 차림으로 하루 종일 돌아다녔다. 하지만 아무 성과도 얻지 못하고 기진맥진해서 저녁에 다시 만나 멋쩍은 표정만 지어야 했다. 필레미뇽Fileminyon이라든지 아그노 알로베르지네Agnoalobergine, 쿠데페르와 미센플리Kudefer & Misenpli 등 식당 메뉴판이나 미용실 진열창에서 힐끗 눈동냥한 프랑스어 스펠링만이 유일한 위안거리였다.

더구나 그 당시 이스탄불에서 한창 유행하던 카페콩세르의

크리스토플 프랑스 은식기 전문회사.
필레미뇽 소고기의 안심을 스테이크용으로 토막 내서 베이컨을 감은 프랑스 요리 이름.
카페콩세르 18세기 중반 이후 파리에서 생겨나 20세기 초까지 번창한 일종의 음악다방. 본래 커피 파는 집을 가리키는 말이었으나 상송을 들려주다가 가수나 연주자까지 출연하게 되었다. 파리의 명물 물랭루주도 카페콩세르였다.

성공이 우리의 보잘것없는 계획에 조종弔鐘을 울린 듯 하였다. 이 노래의 제목은 〈니켈 모빌리알라르Nikel Mobilialar〉, 즉 뻔한 결말이었다. 과연 이스탄불의 부르주아들은 현대회화라든지 외국인에 관한 르포 따위에는 도대체 아무 관심이 없었다. 그렇다. 그들은 니켈로 도금된 가구라든지 뛰어난 가창력을 갖춘 갈색 머리 여가수, 플라타너스 나무 아래서 어중이떠중이 돌아가며 한 번씩 훈수를 늘어놓는 서양주사위놀이 등 일상적인 걸 원하였다. 약간의 시적인 정취와 넉넉한 음식물, 미국산 자동차, 그리고 커피 찌꺼기를 가지고 읽어내는 미래. 예술로 말하자면, 이스탄불 사람들은 자기네들에게 할당된 몫보다 더 많은 걸 이미 만들어냈다는 확신을 갖고 있었다. 그들은 어마어마한 이슬람 사원들(알리 사원은 푸른색, 술레이만 사원은 담배색, 오르타쾨이 사원은 백색과 금색이었다)을 바라보기만 하면 그 사실을 확신할 수 있었다. 아니면 '옛 술탄 궁'에 가서 중국의 황제들이 선물한 화려한 도자기들을 보기만 해도 자기네 나라가 지구 반대쪽에 있는 나라에서 얼마나 높게 평가받았는지 짐작할 수 있었다. 그들은 이제는 실용을 추구해야 하는 시대라고 생각하며 기꺼이 거기 몰두했다. 물론 그렇게 하건 안 하건, 그건 그들의 권리였다. 하지만, 우리는 그들의 자기만족으로 인해 엄청난 손해를 봐야만 했다. 이 도시에서 생활하려면 돈이 많이 들어갔다. 하지만 열흘 동안 우리는 단 한 푼도 벌지 못했다.

그 바람에 옥수수 이삭을 꼬챙이에 꿰서 볶은 것을 먹거나, 아니면 형편없는 싸구려 식당에서 끼니를 해결해야만 하는 지경이 되었다. 아시아 쪽 해안에는 그런 식당들이 즐비했고, 그래서 치명적인 병에 걸릴 가능성이 높았다. 우선은 머리가 지끈지끈 아프다가 오줌 냄새가 나는 황달기가 간에서 눈까지 올라오고, 이어서 구토와 고열이 쉴 새 없이 되풀이된다. 그 다음 날 약속을 취소하고 침대로 가서 일주일 동안 자신을 그렇게 만든 요리를 기억에서 끄집어내려고 애쓰다 보면 벽지에 꽃이 몇 개나 그려져 있나 세어볼 힘밖에 안 남는다. 어찌 보면 차라리 이곳 콘스탄티노플에서 병이 나는 게 내게는 더 나을지도 몰랐다. 일단 아나톨리아를 향해 길을 떠나면 최소한 한 달은 병을 앓는 게 불가능해질 테니.

그림을 그리지 않는 날 티에리는 고장 나서 더 이상 멈추지 않는 장난감처럼 도시 안을 쉬지 않고 씩씩하게 돌아다녔다. 나는 매일 아침 그가 채 마르지도 않은 정성스레 빤 와이셔츠를 입고, 조심성 없는 사람들이 남기는 손자국으로 조금씩 뒤덮이게 될 그림을 겨드랑이에 끼고 집을 나서는 걸 보았다. 그림을 보여주어도 가치를 인정받지 못하는 상황이 되풀이되자 결국 그는 분통이 터지고 말았다. 그는 버럭버럭 화를 내며 집으로 돌아와 대야에 물을 받아놓고 그 속에 서서 대충 몸을 씻으며 그날 있었던 일을 이야기하곤 했다. 그는 한 화랑의 여주인을 겨우겨우 만나는 데 성공했다. 그는 그녀에게 큰 기대를 걸었다. 그런데 이 화랑 여주인은 무슨 이유로, 그리고 어떻게 해서 이스탄불의 화가들이 끼니조차 해결하지 못한 채 죽어가고 있는지 침을 튀겨가며 설명해 주었다고 한다. 수집가로 알려진 사업가들은 그의 그림을 쳐다보지도 않은 채 10리레트를 내밀었다가도, 굴욕감을 느낀 티에리가 돈에 대한 대가로 그림을 한 장 주면 문득 얼굴이 환해지면서 안경을 꺼내 쓴다는 것이다. 그리고 탁월한 통찰력을 발휘하여 티에리가 그린 그림들을 한 장 한장 꼼꼼히 살펴본 다음 그중에서 가장 잘 그려지고 가장 값나가는 그림을 귀신같이 골라낸다는 것이다. 티에리는 스위스 출신 사업가들의 주소를 구해서 일종의 방문 판매도 했는데, 이 경우는 그래도 좀 나았다. 그는 꼭 행상인처럼 응접실에서 사업가를 기다리며 여자 요리사(백러시아나 우크라이나에서 이민 온)와 함께 차를 마셨는데, 그녀는 그가 그린 스케치를 눈을 동그랗게 뜨고 바라보면서 깜짝 놀랄 만한 이야기를 해주기도 했다. 그는 이런 식으로 해서 시간도 보내고 온종일 걷느라 지친 발을 쉬게 해줄 수도 있었다. 안주인은 아예 코빼기도 안 비치다가(베른에서 5000킬로미터나 떨어진 곳에서 같은 나라 사람이 그림 한 점 팔아달라고 찾아왔는데 말이다) 결국은 여자 요리사를 통해 잔돈푼을 쥐어준 다음 쫓아내다시피 그를 내보냈고, 우리는 그날 밤 그 돈을 코르네유의 비극이 연상될 만큼 도발적인 편지와 함께 되돌려

128

보냈다. 하지만 그 친절한 아줌마는 그게 무슨 뜻인지 한 마디도 이해 못할 것이다.

우리가 실패를 거듭하는 걸 보고도 놀라워하지 않는 사람이 한 명 있었으니 그건 모다-팔라스 호텔의 객실 담당 메이드였다. 여주인과 같은 나라(폴란드) 출신인 그녀는 모지락스런 성격에 비쩍 마른 체격의 소유자로서, 아직도 몽트뢰의 최고급 호텔에나 가야 볼 수 있을 풀 먹인 두건을 회색 머리에 쓰고 입에 담배를 물고 일했다. 그녀는 매일 아침 찻잔을 들고 와서 침대 끝에 앉아 우리가 미주알고주알 늘어놓는 그 전날의 실패담에 귀를 기울였다. 방은 아직 회색빛에 잠겨 있었으며, 보스포루스 해협에서 배들이 울리는 고동 소리가 들려왔다. 그녀는 눈을 내리깔고 담뱃재를 찻잔 받침접시에 톡톡 두드려 털거나 머리를 위아래로 힘차게 끄덕여가며 내 비통한 이야기의 세세한 부분에 반응하였다. 즐겨 부르던 노래를 다시 들을 때처럼, 그녀는 누군가가 자신에게 어려움을 털어놓는 것이 즐거운 모양이었다. 그녀가 어떤 인생을 살아왔는지 그건 잘 모르겠으나 우리들의 문제가 그녀에게는 너무나 평범하고 대수롭잖게 느껴지는 듯하였다. 이따금씩 그녀는 우리들 쪽으로 돌아서서 "그렇고말

피에르 코르네유(1606~1684) 극작가로 프랑스 고전비극의 아버지로 불린다. 인간의 의지를 찬미하는 작품을 많이 남겼다.
몽트뢰 스위스의 레만 호 동쪽 연안에 있는 휴양지.

고요"라고 말하는 듯한 손동작을 취했다. 그것은 우리를 격려하는 그녀만의 방법이었다.

그녀는 하루 종일 호텔 지배인인 오스만과 함께 사무실에서 손잡이 없는 컵과 사모바르 주전자, 찻주전자를 닦고 또 닦았다. 밤이 되면 두 사람은 아무 말 없이 혼자서 밥을 먹는 완다 부인의 식사 시중을 들었다. 설거지가 끝나면 그들은 다시 그녀와 함께 이른 새벽까지 카드놀이를 계속했다. 우리가 아무리 늦게 호텔로 돌아가도 그들은 노란색 비단을 씌운 등 아래에 앉아 카드놀이에 열중하다가 고개를 들고, 우리를 위해 꿀을 넣고 만든 케이크를 손으로 가리켜보였다.

나는 병이 나았지만 우리 일은 그다지 나아지지 않았다. 설탕 조각만큼이나 큰 글자로 라플란드(유럽 최북부 지역 – 옮긴이 주)에 관한 긴 글을 정성들여 쓴 다음 사진까지 붙여서 근시안적인 관점을 가진 한 번역가에게 넘겨주었지만 받은 돈은 겨우 16리레트에 불과했다. 식사 두 끼를 하고 나니 이 돈도 다 떨어졌다. 완다 부인 말이 옳았다. 이스탄불은 너무 단단해서 깨물어먹을 수가 없는 호두 같았다.

그리고 또 한철이 지나가고 있었다. 사냥꾼들이 쏴대는 총소리가 서풍에 실려왔다. 에디르네로 이어지는 도로를 따라 길게 이어져 있는 드넓은 갈색 황무지에 사냥총과 사냥 주머니, 무리로 사냥당한 맷도요 새끼들을 주렁주렁 매단 진한 색깔의 택시들이 꼭 색칠된 조약돌처럼 여기저기 흩어져 있었다. 청록색으로 반짝이는 황새치들이 무리를 지어 해협을 지나 소리없이 남쪽으로 향했다. 이 도시의 부유한 부르주아들도 캐딜락에 사탕을 가득 싣고 부르사나 스미르나에 있는 별장을 향해 내달렸다. 아시아 쪽 해변에서는 찌르레기들이 잎이 우거진 마가목 잔가지 위에서 히죽거리는 듯한 소리를 내고 있었다. 모다-팔라스 호텔로 올라가는 좁은 길을 따라 가스등을 밝히고 늘어서있는 선술집 안에서는 짐꾼과 운전사들이 엉겨서 굳은 우유를 앞에 놓고 앉아 신문을 천천히 넘기며 한 글자씩 더듬거리며 읽고 있었는데, 그들의 목소리는 놀랍도록 슬픈 주문이 되어 동네 전체에 울려퍼졌다. 이 도시를 뒤덮어버린 무르익은 금빛 가을이 우리 마음을 뒤흔들어놓았다. 떠돌아다니며 살다 보면 계절에 민감해진다. 계절에 의지하고, 계절 그 자체가 된다. 그리고 계절이 바뀔 때마다, 살아가는 법을 배웠던 장소에서 자신을 억지로 떼어놓아야 할 것 같은 기분이 든다.

그날 밤, 신문사에서 돌아오던 나는 하이다르파샤 역 앞에서 걸음을 멈춘 채 선로 위에 잠들어있는 열차들을 바라보았다.

에디르네 터키 북서쪽의 상업도시로 유럽과 아시아를 잇는 요충지이자 이슬람의 성지.
부르사 고대에 번성했던 터키 북서부의 도시로 역사적인 건축물과 온천 휴양지가 유명하다.

열차마다 '바그다드'라든지 '베이루트', '코냐-아나돌루'라고 쓰여 있었다. 이곳은 가을이지만 바그다드는 여름이고 아나톨리아는 아마 겨울이리라. 그날 밤 바로 떠나기로 결심했다.

모다-팔라스 호텔에 가보니 종업원들이 웬일로 다들 누워 있었다. 우리는 아무 말 없이 짐을 꾸렸다. 주인 방에는 아직 불이 켜져 있었다. 살짝 열린 문틈으로 고개를 디밀고 그동안 고마웠다고 말하고 작별인사를 했다. 완다 부인은 처음에는 우리를 알아보지 못했다. 그녀는 옆에 머리맡 등을 켜놓고 다리가 넷인 침대 위에 꼼짝 않고 앉아있었다. 앞에 책을 한 권(메리메의 작품이었던 것 같다) 펼쳐놓았으나 더 이상 페이지를 넘기지는 않았다. 그녀가 그렇게 잠에서 완전히 깨어나 정신을 바짝 차리고 있는 건 그때 처음 보았다. 그전에는 항상 다른 곳에서 들려오는 목소리에 정신이 팔려있는 것처럼 보였던 것이다. 그래서 처음에는 잘 알아보지 못했다. 우리는 그녀가 놀랄까 봐 작은 소리로 불렀다. 그녀는 우리를 보고, 이어서 우리의 여행 복장을 보더니 말했다.

"신께서 당신들을 축복할 거유, 내 어린 비둘기들…… 성모 마리아께서 보호해 주실 테니 아무 걱정 말아요, 내 양들……."

말을 마치고 난 그녀가 이번에는 폴란드어로 뭐라고 얘기하기 시작했다. 그녀가 계속해서 눈물이 날 만큼 쓸쓸한 어조로 소곤소곤 말했고, 잠시 후 우리는 그녀가 우리에게 말을 하는 게 아니라는 사실을 깨달았다. 그녀는 유배지까지 노인들을 따라 와서 그들 삶의 깊은 곳에 머무는 옛 유령들 중 한 명을 쳐다보 며 말하고 있었다. 문을 닫았다…….

　우리는 새벽 두시경에 이스탄불을 떠났다. 비가 내리지 않 는 한 날이 어두워지기 전에 앙카라에 닿을 수 있을 것이다.

앙카라[15]가는 길

10월

길은 앙카라의 북동쪽에서 살풍경한 드넓은 고원을 통과한다. 경작지를 보려면 저 아래를 내려다보아야 한다. 경작지는 강 때 문에 넓어진 깊은 단층 아래쪽에 박혀 있었다. 푸르른 원곡 밑바 닥에서는 버드나무와 포도나무가 반짝반짝 빛나고, 산더미처럼 쌓인 거름 사이에서 물소와 양들이 움직이고 있었다. 나무로 지 은 사원 근처에 집 몇 채가 서있고, 고원까지 똑바로 올라온 연 기가 바람에 붙잡혀 쓸려갔다. 벗긴 지 얼마 되지 않는 곰가죽이 못으로 헛간 문에 박혀 있는 게 이따금 눈에 띄기도 했다.

앙카라　이스탄불에 이어 두 번째로 큰 도시. 1923년 터키공화국이 수립될 때 수도로 정해졌다. 아나톨리아 고원 중앙에 있다.
아르카디아　그리스 산속의 이상향. 그리스 펠로폰네소스 반도에 있는, 주변이 거대한 산으로 둘러싸인 양들의 방목지를 말하는데, 역사학자 헤로도토스는 이곳에서는 목동들이 천혜의 자 연을 누리고 산다고 전했다. 헤르메스가 태어난 곳이기도 하다. 르네상스 시대 이후 미술에서 자연의 풍요로움이 가득한 유토피아를 표현할 때 많이 인용되었다.

몇 시간씩 운전을 한 뒤 아르카디아(그리스 산속의 이상향 - 옮긴이 주)를 연상하게 하는 골짜기에 가서 낮잠을 자고 나니 '목가적'이라는 단어의 의미가 비로소 이해되었다. 벌들이 윙윙대는 풀밭에 드러누워 하늘을 올려다보면 더 이상 아무 생각도 나지 않았다. 엄청나게 빠르게 흘러가는 구름이, 오전 내내 우리 귀를 멍멍하게 만들었던 가을 돌풍을 떠올리게 하는 것을 제외하고는 말이다.

협곡 안에 자리잡은 마을들은 풍요했고 농작물도 잘 재배되어 있었다. 하지만 정말이지 거기서 호두를 도둑질하고 싶은 생각은 눈곱만큼도 들지 않았고, 그걸 공짜로 주는 사람도 없었다. 모르긴 몰라도 나무 하나에 호두가 몇 개씩 달려있는지 세어 놓았을 것이다. 그건 너무나 당연한 일이다. 이런 식의 '고립' 농업 혹은 소규모 경작은 쩨쩨하고 의심 많은 농부를 만들어낸다. 늘 이런 식이었으리라. 이 근처, 하투사스의 고대 유적지 보가즈쾨이에서[16] 발굴된 3000년이 넘은 히타이트 명판에서는 감동적일 만큼 세세한 재산목록이 발견되었는데, 심지어는 홉 묘목이나 갓 태어난 새끼돼지의 주인이 누군가까지 나와있을 정도다.

숭구를루 가는 길

진흙길과 그것을 둘러싸고 끝없이 펼쳐져 있는 황토흙을 구분

지어주는 건 오직 사물의 미세한 차이와 트럭들이 남겨놓은 자국뿐이었다. 장화 속의 발이 따뜻하였다. 한 손을 핸들에 올려놓고 대지를 눈에 가득 담아 그 거대한 풍경 속으로 여행하면서 우리는 생각했다. 이제 세상이 스케일을 바꾸었어. 정말로 아시아가 시작된 거야!

연한 베이지색 얼룩처럼 보이는 언덕 중턱의 양떼와 꼭 연기처럼 도로와 초록색 하늘 사이로 날아오르는 자고새들이 이따금 눈에 띨 뿐 전혀 아무 것도 보이지 않았다……. 하지만 뭐라고 설명하기 힘든 느릿한 신음소리는 들려왔다(아나톨리아의 소리를 테이프에 녹음해야 할 것이다). 처음에 날카로운 음색으로 시작된 이 소리는 4도 낮아졌다가 아주 힘들게 다시 커지더니 계속되었다. 가죽 색깔을 띤 광활한 공간을 가로질러가는 데 딱 맞는 그 끈질긴 소리는 닭살이 돋을 만큼 구슬펐다. 그러다가 엔진이 돌아가는 소리를 들으면 좀 안심이 되었다. 하지만, 웬걸, 그 소리는 어느 새 가슴속으로 비집고 들어와있는 것이었다. 눈을 크게 떠보기도 하고 살을 꼬집어보기도 했다. 하지만 아무것도 보이지 않았다! 그러던 우리 눈에 검은 점 하나가 들어왔고, 음

하투샤스 옛 히타이트 제국의 수도. 현재 보가즈쾨이에 있다. 히타이트는 기원전 18세기경 뛰어난 제철기술을 기반으로 주변 청동기 국가들을 정복해 나갔다. 전쟁에서 말이 끄는 전차를 사용했다. 기원전 1200년경에 멸망.
정말로 아시아가 시작된 거야! 유럽 대륙이 끝나고 아시아 대륙의 서쪽 끝인 아나톨리아 반도(소아시아)가 시작되었다는 뜻이다. 터키 영토의 유럽 쪽은 트레이스 반도, 아시아쪽은 아나톨리아 반도다.

악처럼 들리는 이 소리는 귀가 멍멍할 정도로 커졌다. 한참 있다가 우리는 황소 두 마리를 따라잡았고, 황소를 모는 사내는 견고해 보이는 바퀴가 굴리는 짐수레 위에 앉아 모자를 코 위에 올려놓은 채 잠을 자고 있었다. 굴대가 무리하게 힘을 쓰면서 한 번씩 돌아갈 때마다 삐걱거리는 소리가 났다. 우리는 같은 속도로 차를 몰다가는 고통받는 영혼의 저주 같은 그 노래가 밤늦게까지 계속해서 우리를 뒤따라올 것임을 직감하고 수레를 추월하였다. 트럭은, 처음 헤드라이트 불빛을 본 뒤로 최소한 한 시간이 지나야 마주쳐 지나갔다. 그것들은 잃어버렸다가, 다시 만났다가, 잊어버리는 것이었다. 그랬다가 별안간 트럭이 나타났다. 우리 차의 헤드라이트가, 분홍색 혹은 밝은 황록색 바탕에 작은 꽃무늬가 장식된 거대한 차체를 환하게 밝히는가 하는 순간, 그것은 꼭 엄청나게 큰 꽃다발처럼 헐벗은 땅 위를 뒤뚱거리며 멀어져갔다.

또 우리는 켜졌다가, 꺼졌다가, 깜박거렸다가, 우리들 앞에서 뒷걸음질치는 것 같은 두 개의 작은 황금색 빛을 보며 의아심을 품기도 했다. 우리는 그것이 여행하는 사람의 소형차라고 생각했지만(그 두 빛 사이의 거리 때문에), 그 밑으로 지나가면서 보니 도로변에 세워진 다리 기둥 위에서 잠을 자고 있는 부엉이였다. 자동차가 바람을 일으키며 지나가자 부엉이는 소리를 내지르며 무거운 눈송이처럼 몸을 일으켰다.

튼튼한 바퀴를 가진 그 짐수레는 바빌로니아의 묘지 안에서 발견된 수레와 너무나 흡사해 보였다. 그렇다면 그 짐수레의 굴대는 4000년 전부터 아나톨리아의 침묵을 깨뜨려온 셈이다. 이것도 나쁘지는 않지만, 보가즈쾨이와 숭구를루를 잇는 도로에서 우리는 훨씬 더 오래된 것과 마주쳤다. 오후가 거의 다 되어가고 있었고 하늘은 맑았다. 우리는 정말 아무것도 없이 황량하기만 한 평원을 가로지르고 있었다. 대기가 너무나 투명해서 30킬로미터가량 떨어진 곳에 홀로 서있는 나무 한 그루가 보일 정도였다. 그런데 갑자기…… 톡…… 톡톡…… 탁…… 또렷하고 자극적이며 가벼운 충격음이 비오듯 쏟아져 내리더니 우리가 달려나가면 나갈수록 점점 더 크게 들려왔다. 마른 장작이 탁탁거리며 타는 소리 같기도 하고, 아니면 하얗게 달구어진 쇠가 팽창과 수축을 되풀이하며 내는 소리 같기도 했다. 티에리가 얼굴이 새하얗게 질려서 자동차를 세웠다. 나 역시 불안했다. 기름을 흘린 데다가 가열이 되면서 차동장치의 톱니바퀴가 닳은 게 틀림없었다. 하지만 그건 잘못된 생각이었다. 차를 세워도 계속 소리가 났던 것이다. 그치기는커녕 소리는 우리 바로 왼쪽에서 더 크게 들려왔다. 가서 확인해 보았다. 길 한쪽을 따라 뻗은 경사지 뒤쪽으로 펼쳐져 있는 평원이, 서로의 등딱지를 부딪쳐가며 사랑을 나누는 데 여념없는 거북이들로 새까맣게 뒤덮여있었다. 수컷들은 등딱지를 꼭 파성추破城錐처럼 사용해서 암컷을

뒤엎어놓은 다음 바위나 건초 덤불 쪽으로 몰고 갔다. 수컷은 암컷보다 약간 작았다. 교미를 하는 순간 수컷들은 완전히 일어서서 목을 길게 내밀고는 진홍색 입을 벌리고 날카로운 고함을 내질렀다. 그곳을 떠나면서 우리는, 사방에서 거북이들이 약속장소를 향해 느릿느릿 평원 위를 기어가는 것을 보았다. 날이 어두워지자 더 이상 아무 소리도 들려오지 않았다.

숭구를루[17]

아침 여섯시, 아직 태양이 떠오르지도 않았는데 이미 식당에서는 농부들이 푸른색 에나멜 컵받침 위에 놓인 찻잔을 앞에 놓고 앉아있었다. 진흙탕을 걷는 발소리와 목소리가 뒤섞였다. 혈통이 불분명한 엄청난 덩치의 몰로스 개들이 코를 킁킁거리며 이 식탁 저 식탁 돌아다녔다. 햇빛이 조금 더 세게 내리쬐자 목걸이의 장식단추와 구리쟁반이 먼저 반짝이기 시작했다. 반면에 땅바닥과 옷, 얼굴은 더 어두워졌다. 갈색 모자와 샛노란색 와이셔츠, 집시들의 옷보다 더 화려한 누더기 옷이 광장을 지나갔다. 말들은 껍질을 벗긴 나뭇가지로 만든 목걸이를 차고 있었는데, 꼭 커다란 굴렁쇠가 귀에 걸려있는 것처럼 보였다. 말이 끄는 수레와 칠이 벗겨진 대형트럭들이 카페 주변에 서있었다. 양털처럼 곱슬곱슬한 턱수염을 가진 두 노인이 막 식탁을 박차고 일어나더니, 여명의 빛 속에서 슬쩍 미소를 지으며 식당을 따라 달려가는 쥐 한 마리를 밟아 죽이려고 한바탕 소동을 피웠다. 식당 벽에는 맥고모자를 쓴 멕시코 남자가 그려져 있고 "터키 라디오 방송을 들으며 이 세상을 발견하세!" 라는 선전문구가 붙은 포스터가 보였다. 분명히 라디오는 있었다. 하지만 벌써 20분 전부터 사람들이 갖은 애를 다 썼는데도 앙카라 방송은 잡히지 않았다.

  잠시 후 찰흙과 진흙이 눈부시도록 환하게 빛을 발했고, 가을 태양이 우리와 바다 사이에 있는 여섯 개의 지평선 위로 떠올랐다. 이 도시 주변의 모든 길에는 버드나무잎이 양탄자처럼 깔려있었고 좋은 냄새를 풍기는 이 잎들을 말이나 소가 끄는 수레가 소리없이 으깨고 지나갔다. 이 광활한 땅, 이 진한 냄새, 아직도 좋은 날이 많이 남아있다는 느낌이 삶의 즐거움을 배가시켜주었다. 사랑을 하면 그렇게 되듯이.

메르지폰[18]

                                        운전한 지 12시간째
메르지폰에서 밤 9시까지 문이 열려있는 식당은 군軍 조종사 클럽 식당뿐이었다. 도시 바로 옆에 군 기지가 자리잡고 있었다. 하얀 식탁보, 화분에 심어놓은 월계수나무, 붉은색 유니폼 차림의 웨이터들. 길을 잘못 들어 이런 종류의 함정에 빠졌을 때 다시 출구를 찾아나올 수 있는, 우회적이지만 확실한 방법이 있다. 우리는 그 방법을 잘 알고 있었다. 하지만 그날 밤 우리는 일말의 사치를 누려보기로 하였다. 새벽 다섯시부터 운전을 했고 그날 밤에도 계속 차를 몰아 눈을 앞질러가야만 했던 것이다. 그래서 우리는 저녁식사를 하고 난 뒤에 맥주 컵 하나 분량의 얼음이 반쯤 채워진 단맛 나는 포도주를 마시며, 음의 높낮이가 잘 안 맞는 피아노 소리에 맞추어 열두어 명의 조종사들이 끼리끼리 춤추는 걸 바라보았다. 키가 대충 비슷했으므로 그들은 거추장스러운 군모를 손에 들고 간격을 좁혀 춤을 추었다. 이곳에서는 기분전환거리가 드물고 같이 춤을 출 여자는 그보다 훨씬 더 드문 게 틀림없다. 그렇지만 그들이 가상의 파트너와 함께 추는 춤에서는 별다른 생기가 느껴지지 않았다. 아코디언과 기타가 우리 짐 밖으로 삐져나와 있는 걸 본 군인들이 몇 곡만 연주해 주면 안되겠느냐고 예의를 갖추어 정중하게 물었다. 우리는 왈츠와 자바 곡을 연주했다. 군인들이 서로 살짝 얼싸안은 채 허리를 흔들기 시작했다.

운전을 시작한 지 열세 시간째에서 스무 시간째까지 잘 먹고 푹 쉰 다음 자정께 다시 출발했다. 조용조용 얘기를 나누며 갈색을 띤 고개를 넘었다. 내가 질문을 던졌는데도 아무 대답이 없기에 곁눈질해 보니 티에리가 잠들어있었다. 나는 새벽까지 배터리를 아끼기 위해 불을 다 끄고 천천히 차를 몰았다. 해변으로 이어지는 마지막 고개를 넘어가는데 흙길이 너무 미끌미끌한 데다가, 우리 차의 엔진이 견뎌내기에는 경사가 너무 심했다. 엔진이 멈추기 직전에 티에리를 흔들어 깨웠다. 그는 소스라치게 놀라 일어나더니 여전히 꾸벅꾸벅 졸면서 차를 밀었다. 평평한 땅이 나타나자 그가 나를 따라잡을 때까지 기다렸다. 내리막길 아래쪽에 아주 가파른 마지막 비탈이 있어서 우리는 어쩔 수 없이 이 일을 다시 한번 되풀이해야만 했고, 그 바람에 티에리는 뒤에 멀리 처지게 되었다. 나는 차를 세운 다음 피로로 비틀거리면서 버드나무에 대고 한참 동안 오줌을 누었다. 버드나무가지가 내 귀를 간질였다. 꼭대기에는 눈이 내렸지만 이곳은 아직 가을이었다. 새벽 날씨는 눅눅하면서도 푸근했다. 흑해 위에 펼쳐진 하늘 가장자리를 따라 담황색 빛이 뻗어있었고, 물이 뚝뚝 떨어지는 나무들 사이에서 수증기가 분주히 피어오르고 있었다. 반짝반짝 빛나는 풀밭에 드러누웠다. 그리고 내가 지금 이 순간 이 세상에 있다는 게 더없이 만족스러웠다. 그리고…… 또 뭐가 만족스럽지? 하지만 이 정도로 피곤할 때는 아무 이유 없이 낙관론자가 되는 법이다.

15분가량 뒤에 티에리가 어둠 속에서 나타나더니 나를 지나쳐 성큼성큼 걸어갔다. 걸어가면서 자는 것이었다.

오르두 가는 길

운전 시작한 지 스무 시간째

이제는 내가 잠을 잘 차례였다. 우리는 차 안에서 잠을 자면서 우리 자신의 삶을 꿈꾼다. 차가 덜컹거릴 때마다 꿈은 흐름과 색깔을 바꾼다. 그리고 좀 더 깊게 패인 노면이 우리를 뒤흔들어놓거나, 엔진의 회전수가 느닷없이 달라지거나, 아니면 운전자가 자기도 휴식을 취하기 위해 엔진을 꺼서 침묵이 밀려들 때, 이야기는 결말을 향해 빠르게 질주한다. 우리는 멍이 든 머리를 유리창에 갖다댄 채, 새벽안개에 잠긴 비탈과 잡목 숲, 슬리퍼처럼 생긴 가죽 신발을 신고 개암나무 잔가지를 손에 든 소녀목동이 물소 떼를 건너게 하고 있는 얕은 냇물을 바라본다. 그리고 진한 냄새를 풍기는 들소들의 뜨거운 입김을 맡으면 우리는 완전히 잠에서 깨어난다. 이런 종류의 현실을 깨닫는다고 해서 우리가 잃는 건 아무것도 없다.

소녀목동은 여차하면 도망칠 준비를 하면서 얼굴을 차창에 갖다댔다. 열두세 살가량 되었을까, 머리에는 붉은색 숄을 썼고 목에는 은화 하나가 매달려있다. 꼭 죽은 사람처럼 해쓱하고 면도도 제대로 안한 이 두 남자를 보는 순간 그녀는 화들짝 놀란다.

조금 뒤

검은 모래가 깔려있는 해변에서 작은 물고기 한 마리를 불에 구
웠다. 생선의 분홍색 살이 연기 색깔을 띠었다. 우리는 바닷물에
하얗게 변한 나무뿌리와 쪼개진 대나무 조각을 주워서 불을 피
운 다음 부슬부슬 내리는 가을비를 맞으며 불 옆에 쭈그리고 앉
았다. 그리고 바다가 몇 척의 거룻배를 공격하고 아주 멀리 크림
반도 쪽 하늘에서 거대한 버섯구름이 이는 것을 바라보며 구운
생선을 먹었다.

오르두[19] 고개

파스타 마을에서 바발리 마을까지는 우리 지도상에서는 겨우 1
센티미터밖에 되지 않았고, 해발고도는 기껏해야 150미터 차이
였다. 하지만 첫번째 비탈길서부터 차를 밀어야만 했다. 찻길은
개암나무와 마가목으로 이루어진 관목 숲을 가로질러 좁고 미
끄러운 오르막을 이루었다. 경사가 너무 심해지면 운전자도 액
셀러레이터를 잠근 다음 내려서 차를 어깨로 밀며 차창 너머로
핸들을 잡고 차를 몰았다. 엔진이 꺼지면, 짐이 잔뜩 실린 자동
차가 뒤로 물러나면서 기어를 부러뜨리지 않도록 곧바로 핸드
브레이크를 풀거나, 아니면 뒷바퀴에 돌을 괴어야만 했다. 그럴
때면 괭이를 어깨에 진 농부 한두 사람이 나타나도록 휘파람을

불거나 큰 소리를 내는 것밖에 달리 방법이 없었다. 자동차를 밀어야 한다는 걸 알아차리면 그들은 곧바로 환하게 웃으며 땅에 두 발을 고정시키기 위한 구멍을 두 개 파고서는, 자동차를 부둥 켜안고 말 그대로 우리를 비탈길로 내던졌다. 그들은 돈을 받지 않았다. 그들의 관심은 자동차를 민다는 사실에 있었다. 그레코 로만형 레슬링 같은 걸 몇 회전 했더라면 그들은 더 즐거워했을 것이다. 차를 밀고 나자 그들은 기분이 몹시 좋아진 모양이었다. 우리가 터키 사람들의 힘에 관해 그동안 들었던 이야기는 모두 실제보다 축소된 것 같았다. 하지만 어디에서나 농부들이 있었던 건 아니고, 가장 힘든 일은 우리 자신이 직접 해야만 했다. 그래서 22킬로미터를 가는 데 무려 여섯 시간이 걸렸던 것이다.

고개 꼭대기의 다 허물어져가는 나무집들 사이 진흙탕 속에서 마을사람 30여 명이 날카로운 음악소리에 맞추어 춤을 추고 있었다. 그들은 온통 기운 낡은 윗도리의 팔꿈치나 소매를 붙잡고 덤불로 뒤덮인 언덕을 적시는 비를 맞으며 천천히 돌았다. 발은 거친 삼베 조각이나 넝마로 감싸고 있었다. 매부리코, 그루터기처럼 생긴 아래턱, 살인자의 그것처럼 무시무시하게 생긴 얼굴. 큰북과 클라리넷은 서두르지도 않았지만 그렇다고 해서 쉬지도 않았다. 일종의 긴장감이 점점 더 고조되었다. 누구 한 사람 입을 열지 않았다. 누구라도 좋으니 뭐라고 말을 좀 했으면 좋으련만. 이런 상황에서라면, 아무리 격렬한 논쟁이라도 더없이 온건하게 느껴지리라. 그들이 총알을 하나씩 하나씩 총구에 장전하고 있다는 불편한 느낌이 들었다. 만일 경쟁관계인 마을이 이 안개 자욱한 정글 어딘가에 존재한다면 한쪽 눈을 뜬 채 잠을 자는 게 좋으리라.

음악 역시 위협과 도리깨질에 불과하였다. 악기를 더 잘 보기 위해 가까이 다가가려고 애썼지만 내민 어깨와 등뼈들이 꼭 거친 파도처럼 우리를 자꾸만 밖으로 밀어냈다. 우리의 인사를 받아주는 사람은 아무도 없었다. 완전히 무시당한 것이다. 녹음기를 어깨에 메고 있었지만 이번만은 그걸 쓸 엄두가 나질 않았다. 한 시간 만에 우리는 흑해를 뒤덮고 있는 안개를 향해 다시 내려왔다.

여기서 잠깐, 두려움이라는 주제에 관해 짧게 한마디 하도록 허락해 주시기를 바란다. 여행을 하다 보면 이렇게 두려움이 치밀어 오르고 아무리 빵을 씹어도 안 넘어가고 목에 걸리는 순간이 있다. 지독하게 피곤하거나, 너무 오랜 만에 혼자가 되었거나, 아니면 미친 듯이 열광했다가 일순 낙담하는 그 순간, 두려움은 마치 차가운 물에 샤워를 했을 때처럼 길을 돌아서는 당신을 덮친다. 다음 달에 대한 두려움, 마을 주변을 어슬렁거리며 움직이는 건 뭐든지 다 위협하는 개들, 조약돌을 주어들고 당신에게 다가오는 방랑자들, 심지어는 이전 숙박지에서 빌린 말에 대한 두려움, 그리고 자신의 속셈을 감추고 있던 난폭하고 못된 인간.

특히 일과 관련될 때는 적극적으로 자신을 방어한다. 예를 들자면 유머는 최고의 해독제이지만, 그것을 제대로 발휘하려면 두 사람이 있어야 한다. 대부분은 숨을 깊이 들이마시고 침을 꿀꺽 한번 삼키는 걸로 충분하다. 그래도 두려움이 사라지지 않으면, 그 거리로 접어들거나, 그 사원에 들어가거나, 그곳에서 사진을 찍겠다는 생각을 버려야 한다. 그 다음 날이 되면 당신은 낭만적인 기분으로 당신 자신을 나무랄 것이다. 그런데 그건 정말 잘못된 것이다. 이같은 불안의 최소한 절반은 심각한 위험에 대한 본능이 발휘된 것에 불과하기 때문이다(당신은 나중에 그 점을 이해할 것이다). 그런 경고를 무시해서는 안된다. 물론, 강도나 늑대 이야기는 과장되었다. 그렇기는 하지만, 낭만적이고 목소리 크고 성격 화끈하고 누가 뭐래든 막무가내인 자들이 위험을 무릅써보겠다고 용감하게 나섰다가 영영 소식이 끊긴 장소가 아나톨리아와 카이바르 고개 사이에 여러 곳 있다. 강도까지 나설 필요도 없다. 산에 외따로 떨어져 있는 작고 가난한 마을이나, 빵 한 개나 닭 한 마리를 놓고 벌이는 짜증나는 흥정이면 충분하다. 서로를 이해할 수가 없으므로 당신의 몸짓은 점점 더 격렬해지고 당신의 눈길은 점점 더 불안해지며, 그러다가 몽둥이 여섯 개가 머리 위로 치켜 올라가는 순간이 금방 온다. 그러면

당신이 인간애에 관해 무슨 생각을 가지고 있건 간에 몽둥이는
내려쳐진다.

기레순[20]

바다로 면한 거리 끝에서는, 황갈색 포도주와 레몬수가 담긴, 주
둥이가 좁고 몸체가 둥근 큰 병이 금방이라도 뇌우를 몰고 올 것
같은 빛을 걸러내고 있었으며, 등나무는 진한 향기를 풍기며 잎
을 떨궈내고 있었다. 방의 창문 너머로 밭장다리 걸음의 어부들
이 손을 맞잡고 잡담을 나누며 광장을 지나가는 것이 보였다. 커
다란 수고양이들이 생선 가시와 내장이 잔뜩 쌓여있는 포석 위
에서 잠을 자고 있었다. 회색 쥐들이 하수도를 따라 쏜살같이 달
려갔다. 그것은 그 자체로 완벽한 세계였다.

　　이 작은 해안마을 사람들이 자부심을 갖는 게 세 가지 있다.
그들의 체력, 그들의 개암, 그들의 경찰이 가진 통찰력. 대체로
노새만큼이나 고집이 세고 상의를 보기 민망할 정도로 꽉 조여
입은 '경찰'이 선술집에 앉아있는 걸 보았는데, 우리가 짐을 푼
지 15분 만에 어느새 우리 방 문 뒤에 와있었다. 우리는 침대 위
에 누워 잠시 쉬다가 그동안 여행을 하면서 자동차에 묻은 진흙

기레순　터키 북동부 흑해 연안의 항구도시. 버찌(cherry)의 어원이 기레순의 라틴어 표기
cerasum에서 왔을 정도로 버찌가 많이 났다고 한다.

을 문질러 벗겨내느라 바빠서 그가 조심스레 문을 긁어대는데
도 응답을 안 했더니, 불만이 쌓일 대로 쌓였는지 주먹으로 미친
듯이 문을 두들겨대기 시작했다. 짜증이 난 우리가 결국 가서 문
을 열어주자, 이 불청객은 수상쩍다는 표정을 어색하게 짓더니
그럴듯해 보이려고 애조차 쓰지 않고 우리에게 수중에 있는 달
러를 암시장에 가서 바꾸라고 제안하는 것이었다. 암시장이라
고? 우리는 당연히 격렬히 항의했다. 이 중요한 사항에 관해 안
심한 경찰은 그때서야 "난 비밀경찰이오"라고 악의 없이 우리
들에게 말했다. 우리는 그를 방문까지 데려가면서 그런 높은 자
리에 있으니 얼마나 좋겠냐며 추켜세워주었다.

　　밤에 이따금 그는 사과가 든 자루나 사진첩을 들고 멋쩍어
하며 우리를 찾아왔다. 철물점에서 현상한 흐릿한 사진들이었
다. 자동차 여행, 반쪽만 찍힌 화물선, 삼순에 있는 아타튀르크
동상, 자신의 가게 앞에서 비를 맞고 있는 그의 매형이나 삼촌.
우리는 다들 머리를 박박 깎아서 비슷비슷하게 생긴 스무 명의
신병들 가운데서 그를 찾아내야만 했다. 우리가 틀렸다. 그가 그
럴 줄 알았다는 듯 호탕하게 웃었다. 그는 우리와 동년배였으며,
이 세상에 대해 아는 게 거의 없었다. 조금만 더 친했더라면 그
는 이 도시의 온갖 비밀을 우리들에게 알려줬을지도 모른다. 그
가 경찰이라는 건 전혀 문제가 되지 않았다.

트레비존드[21]

이곳에서 우리는 해안을 떠나 지가나 고개와 코프 고개를 넘어 산맥 두 개를 통과한 다음 아나톨리아 고원에 있는 에르주룸[25]까지 가야만 했다.

우체국으로 정보를 얻으러 갔더니 이렇게 말했다.

"에르주룸까지는 괜찮아요. 도로가 말라있으니까요. 근데 그 너머는 우리도 잘 모르겠어요. 동쪽에 있는 우체국으로 전보는 보낼 수 있지만 답신을 기다리다 보면 시간도 걸리고 돈도 들고…… 그러니 차라리 고등학교에 가서 알아보시는 게 나을 것 같군요. 아나톨리아 전역에서 온 아이들이 기숙사에 묵고 있으니까 자기 살던 동네 날씨가 어떤지 알고 있을 겝니다……"

고등학교에 가서 사정 얘기를 했더니 프랑스어를 가르치는 교사는 수업을 중단한 다음, 프랑스어로 천천히 반 학생들에게 질문을 던졌다. 반응을 보이는 학생이 단 한 명도 없었다. 그가 약간 당황해하며 터키어로 같은 질문을 되풀이하자 곧바로 구

삼순 흑해 남부에서 가장 큰 도시. 터키 초대 대통령인 무스타파 케말이 1919년 삼순에서 전국적인 저항운동을 조직했는데, 이것이 1923년 터키공화국 수립의 근간이 되었다.
케말 아타튀르크(1881~1938) 본명은 무스타파 케말. 터키의 개혁가이자 초대 대통령. 아타튀르크는 '터키의 아버지'라는 뜻이다. 이스탄불에 있는 아타튀르크 국제공항의 이름은 그를 기리기 위한 것이다.
트레비존드 유럽과 중앙아시아를 잇는 터키 북부의 무역 중심지.
에르주룸 터키 동부 고지대에 있는 기름진 평원. 아나톨리아 반도와 이란을 잇는 교역로이어서, 예로부터 이 지역을 차지하려는 주변국의 각축이 심했다. 15세기 초 오스만 제국의 영토가 되었다.

겨진 편지 여러 통이 덧옷 속에서 나왔고, 손톱이 검은 작은 손들이 차례로 하나씩 올라갔다……. 카르스에는 아직 눈이 안 내렸대요……. 반에도 눈이 안 왔고, 카기스만에도 아직…… 카라코세에만 눈이 약간 내렸지만, 금방 녹아버렸다……. 대체적인 의견으로 볼 때 아직 보름 정도는 별문제없이 길을 갈 수 있을 것 같았다.

광장에서 엔진을 고치느라 여념이 없는 티에리를 만났다. 그는 족히 100명은 될 것 같은 구경꾼들이 지켜보는 가운데 고개 한 번 들지 않고 일에 몰두해 있었다. 이스탄불을 떠난 이후로는 죽 이런 식이었기 때문에 우리는 이같은 상황에 충분히 익숙해져 있었다. 구경꾼들은 늘 똑같아서, 주로 넋을 잃고 있는 사람과 충고하는 사람, 선의를 가진 사람, 우리 일을 돕기 위해 주머니를 뒤져서 주머니칼이나 사포 조각을 내미는 슬리퍼를 신은 노인들이었다. 스프링이 잘 깨지지 않도록 기름을 쳐야 했고, 노즐 구멍을 뚫어주어야 했으며, 스파크 플러그와 점화배전기를 청소해야 했고, 그 전날 자동차가 요동치고 흔들리다 보니 매번 위치가 옮겨지는 부품들을 조정해야만 했다. 도로 상태가 안 좋아진 뒤로는 매일 같은 작업을 해왔다. 자동차가 좀 더 힘을 발휘하고 우리도 행운을 누리도록 하기 위해서였다. 아나톨리아까지 가려면 아직도 고개를 두 개나 더 넘어야 하는데 걱정이었다.

걱정이 너무 앞섰다. 도로는 처음에 작은 에메랄드빛 계곡과 초가지붕 마을, 마치 천국처럼 도시 뒤편으로 펼쳐진 올리브나무와 개암나무 과수원을 통과하였다. 그 다음에는 둥글고 푸른 산이 양쪽에 늘어서있는 완만한 경사의 계곡을 따라갔다. 계곡이 다 끝나는 곳에서 비탈진 고갯길이 나왔는데, 우리 머리 위 20미터나 되는 곳에서 꼭 팡파르를 울리는 것처럼 산산조각으로 폭발하는 듯한 거대한 너도밤나무 숲 사이로 노란 잎이 우거진 잔가지들이 가파른 오르막을 이루고 있었다. 키작은 나무들은 야생딸기 때문에 빨간색을 띠었는데, 비탈길에서 다시 출발시키지 못하게 될까 봐 차를 세울 엄두를 내지 못했다. 우리는 기어를 1단에 놓고 발판에 서서 언제라도 뛰어내릴 준비를 하고서 고개를 넘었다. 숲을 다 지날 무렵 어둠이 내리기 시작했다. 저 밑 광활한 녹색 협곡의 검은색 천막 주변에서 소 떼가 움직이고, 유목민들이 숙영지에 피워놓은 불 사이로 낙타들이 누워있는 모습이 눈에 들어왔다.

카라코세 카르스, 반, 카기스만, 카라코세의 위치는 부록 지도 참고.

귀뮈샤네[22]

같은 날 밤

이곳은 산이었고, 겨울이었다. 눈을 견뎌내도록 지붕을 가파르게 만든 튼튼한 돌집, 콧구멍에서 김이 나는 노새, 갈색 양털 상하복과 모피 모자, 그리고 석유등을 켜놓고 무겁고 알록달록 반짝거리는 물건들을 잔뜩 진열해놓은 식료품 가게 위의 새장 안에서 지저귀고 있는 자고새. 차를 세우자마자 한 소년이 우리를 찾아와서는 트레비존드의 교사들로부터 우리가 지나갈 것이라는 연락을 받았다며 교장 선생님에게 안내해 주었다. 친절해 보이는 뚱뚱한 남자가 파자마 차림으로(페르시아나 터키에서는 하루 일이 끝나면 곧 파자마로 갈아입는다 - 글쓴이 주) 사과 바구니와 붉게 달궈진 난로 사이에 앉아 우리를 기다리고 있었다. 그는 독일어나 영어, 프랑스어는 한마디도 못했다. 우리도 아는 터키어라고는 겨우 스무 개나 될까말까했던 데다가 너무 피곤해서 손짓발짓을 하거나 그림을 그려서 의사소통을 시도할 엄두가 나지 않았다. 그래서 우리는 각자 서로가 웃는 걸 바라보며 사과만 먹었다. 그러고 나자 교장 선생님은 그 지난 주에 잡은 곰의 가죽과 은빛 나는 여우가죽을 우리들에게 가리켜보였다. 우리가 곰가죽을 보며 감탄하자 그는 그걸 우리에게 선물로 주었다. 그의 두 손이 약간 떨면서 모피를 우리에게 내미는 동안, 그의 갈색 눈은 애원하는 듯한 눈빛으로 그걸 붙잡고 있었다. 우리는 단호히 사양했다. 교장 선생님은 옷을 걸치더니 우리를 여관으로 데려가서 가장 좋은 방을 내주도록 하였고, 우리가 옷을 그대로 입은 채 꿈이 없는 잠에 빠져 있는 동안 여관비까지 내주고 갔다. 다음날 아침, 교장 선생님은 난쟁이 한 사람을 데리고 다시 찾아왔다. 폐를 치료하러 이스탄불에서 이곳으로 온 이 사내는 교장의 통역 노릇을 하였다. 교장은 자기 학교에 며칠 초대하고 싶다면서 손가락으로 세어가며 자기 마을의 장점을 열거하기 시작했다. 우리를 붙잡아두기 위해서였다. 공기가 맑고, 집집마다 난방이 잘되며, 비잔틴 시대부터 문을 연 은광銀鑛은 이 나라 최고이고, 법정은 1921년 이래로 단 한 건의 절도 사건도 재판하지 않았으며, 마지막으로 여기서 생산되는 꿀에는 아주 작고 얇은 밀랍이 들어가있어서 먹으면 불끈불끈 힘이 솟아난다는 것이다. 이 모든 건 사실이었고, 나는 그같은 장점을 널리 알리겠다고 그에게 약속하였다. 그리고 나는 그 약속을 지켰다. 하지만 우리는 페르시아에서 겨울을 보내고 싶었다.

코프 고개[23]

두 사람이 양쪽에서 뛰어가면서 몰고 가는 소형 자동차는 사람들의 주의를 끌지 않으려야 끌지 않을 수가 없었다. 에르주룸 쪽에서 오는 트럭 운전사들은 그 전날 우리를 추월해 갔던 사람들의 이야기를 듣고 우리가 어떤 차를 타고 가는지를 이미 알고 있었다. 그들은 아무리 멀리 떨어져 있어도 우리가 눈에 띄기만 하면 곧바로 경적을 울렸다. 이따금씩 서로 엇갈릴 때면 비탈을 내려가던 운전사들은 50미터가량 떨어진 곳에 타이어가 끼익 대는 소리와 함께 거대한 트럭을 세우고 내려서 사과 두 개와 담배 두 개비, 혹은 호두를 한 줌씩 거저 나눠주었다.

후한 대접과 정직함, 선의, 거의 항상 보여주는 악의 없는 국수주의, 바로 이런 것들이 이곳에서 발견되는 미덕이었다. 이같은 미덕은 순수한 상태로 뚜렷하게 감지되었다. 사람들이 정말 진심에서 우러나서 그랬는지, 그 미덕이 실제로 존재했는지, 그건 중요하지 않다(인도에서처럼). 그 미덕은 놀라울 정도로 눈에 잘 띄며, 혹시 눈에 안 띈다 하더라도 이렇게 말해 주는 누군가가 늘 있다.

"자, 이 모든 것은…… 그러니까 이같은 친절함, 이처럼 좋은 매너 등등은 터키인들의 훌륭한 자질이지요……"

코프로 이어진 도로는 군인들이 정성스럽게 보수를 했기 때문에 상태가 좋았다. 하지만 경사가 상당히 가팔랐고 3킬로미터까지 오르막이었다. 우리는 계속 차를 밀고 가야 했다. 정상에 이르렀을 때는 금방이라도 심장이 터져버릴 것만 같았다. 하늘은 푸르렀고, 전망은 장엄하였다. 광활한 땅이 꼭 양떼구름처럼 남쪽을 향해 끝도 없이 굽이굽이 내리막을 이루고 있었다. 도로가 최소한 스무 번은 사라졌다가 다시 나타나기를 되풀이하는 것이 또렷이 보였다. 지평선에서는 뇌운雷雲이 하늘의 아주 작은 부분을 점령하고 있었다. 자꾸 반복되다 보니 결국은 하나의 풍경으로 완전히 인정받는 그런 풍경이었다.

버팀대에 무거운 종이 매달려있는 걸 보니 고개 꼭대기였다. 눈 때문에 여행자가 길을 잃으면 그걸 울리는 것이었다. 내가 가까이 다가가자 기둥 위에 앉아있던 독수리 한 마리가 날개로 동종銅鐘을 스치며 날아올랐다. 거친 진동음이 끝없이 울려퍼지며 내려가더니 산에서 살면서 대개는 이름도 없는 동물들 위로 퍼져나갔다.

바이부르트²⁴

티에리가 말했다.

"이곳의 풍경은 인간들이 사는 걸 완강히 거부하는 것 같아."

그렇지만 마을이 있었다. 꼭 나병에 걸린 듯, 뿔뿔이 흩어져 있는 노란색 집들은 고원의 흙과 잘 구분되지 않았다. 검은 모자, 벌거벗은 발, 괴혈병에 걸린 개, 윙윙거리는 파리 떼처럼 건물에서 걸어나오는 거무스레한 낯빛의 소녀들. 그들은 우리를 곁눈질했다. 검은 스타킹과 검은 겉옷, 땋아서 꽉 묶은 머리, 넓은 흰색 셀룰로이드 칼라. 칼라는 몹시 흉하게 생기기는 했지만 그러면서도 보는 사람을 안심시켰다. 학교를 의미했기 때문이다. 누추해 보이기는 했지만, 그들은 학교에서 간단한 셈법과 글자, 늘 청결할 것과 더러운 손으로 눈을 문지르면 안되고 여선생님이 주는 키니네를 정기적으로 복용해야 한다고 배운다. 이런 것들은 무기나 다름없었다. 그곳에서도 역시 아타튀르크가 교사의 회초리와 흑판을 들고 늑대처럼 무시무시한 표정을 보이며 지나갔다는 게 느껴졌다. 우리가 휴식을 취했던 초라한 찻집에는 컬러로 된 그의 초상화 옆에 파리채가 꼭 검처럼 매달려있었다.

이곳 사람들이 자동차와 수돗물, 스피커, 편의품 같은 것만 갖고 싶어 하는 건 너무나 당연한 일이다. 터키에서 여행자는 새로운 눈으로 그것들을 보는 법을 배워야 한다. 어느 누구도 당신에게 근사한 목조 사원(여행자가 찾으러 왔던 바로 그것이 있는 곳이다)을 보여줄 생각을 하지 않는다. 사람들은 자기가 가지고 있는 것보다 부족한 것에 더 민감하기 때문이다. 그들에게는 기술이 부족하다. 반면에, 우리는 지나치게 발달된 기술이 우리를 끌고 들어갔던 막다른 길에서 벗어나고 싶어한다. 정보의 홍수 속에서 허우적거리고 오락문화에 물들 대로 물든 우리의 감수성을 되살리고 싶어 하는 것이다. 우리는 우리를 되살리기 위해 그들의 방식을 신뢰하고, 그들은 살기 위해 우리들의 방식을 신뢰한다. 우리는 길에서 서로 마주치지만 서로를 늘 이해하지는 못한다. 때때로 여행자는 조급해한다. 그러나 이같은 조급함 속에는 에고이즘이 상당 부분 자리잡고 있다.

에르주룸[25]

지평선에 맞닿을 듯 육중한 돔과, 부식은 되었지만 아직도 위풍당당한 오스만 제국의 성채가 있는 흙색깔의 도시. 갈색 땅이 사방에서 이 도시를 둘러싸고 있다. 도시에는 지저분하게 생긴 군인들이 득실거렸고, 외국인은 하루에도 열댓 번씩 서류를 확인당한다. 오직 라벤더 색깔의 삯마차와 깃털장식처럼 생긴 노란 포플러나무 잎사귀만이 이 단조로운 풍경에 변화를 줄 뿐이었다.

오후가 끝나갈 무렵, 우리는 '바르 춤'이라는 걸 보기 위해 이곳의 한 고등학교로 갔다. 아나톨리아에서도 각 지방마다 추는 방식이 다른 터키-몽고 기원의 군무軍舞였다. 장식단추가 달린 조끼와 폭이 넓은 붉은색 허리띠, 검은색 장식 끈이 달린 흰색 바지를 입은 파트너들이 칼을 빙빙 휘두르며 천천히 돌았다. 전투 흉내를 내는 것이다. 이 춤이 널리 보급된 동부 지역에서는 남성들 대부분이 춤 의상을 갖고 있어서 그 자리에서 당장 춤을 추기 시작할 수도 있다.

우리가 도착하고 5분이 지나자 사람들이 운동장의 나무 아래서 팀별로 춤을 추기 시작했다. 날이 추웠고, 어둠이 내리기 시작했다. 하나하나의 동작에 힘이 넘쳐 춤도 아름다웠지만, 음악은 그보다 훨씬 더 아름다웠다. 악기는 딱 두 가지뿐이었다. 영웅적인 감정을 고무시키는 주르나(서양의 클라리넷)와, 특히 옆 부분을 두드리는 거대한 팀파니 '다호우르'. 파르티아인들은 바로 이 다호우르로 전투 개시를 알렸고, 흉노족은 이 악기를 중국에 선물하였다. 이 악기는 스텝기후 지대에 아주 잘 어울렸다. 예인선의 사이렌 소리보다 더 장중하고 묵직한 소리가 마치 느릿한 심장박동처럼 천천히 여행을 하면, 결국은 깃털처럼 가볍게 날아오르는 거대한 밤새처럼 심장이 거기 응답했다. 그 소리는 들릴 듯 말 듯 침묵의 가장자리에 머물러있다.

춤이 끝났지만 우리는 저학년 아이들이 빙글빙글 도는 걸 보느라 잠시 더 머물러있었다. 교사들이 뒷짐을 지고 침묵 속에서 우리를 둘러쌌다. 이따금씩 그들은 아이들의 주먹다짐을 중단시키느라 쉰 목소리로 고함을 내질렀다. 교사들은 희끗희끗한 머리를 아주 짧게 깎아서 그런지 꼭 은퇴한 경찰들 같아 보였다. 나이 어린 아이들은 몹시 피곤해 보였다. 프랑스어 선생은 한쪽 구석으로 가서 문장을 하나 만든 다음 일단 한번 연습을 하고 나서 우리들에게 써먹곤 했다. 그는 우리가 하는 말을 제대로 못 알아듣고 좀 버벅거렸다. 그에게는 우리와의 만남이 시험보다 더 힘들어 보였다. 꼭 우리가 학교에서 라틴어를 배울 때 알

렉산드로스 시대에서 불쑥 나타난 두 명의 여행자에게 대꾸해
야 하는 것과 좀 비슷했다. 그렇지만 이 외진 곳에서 책도 없이
프랑스어를 그 정도라도 구사한다는 건 정말 대단한 일이 아닐
수 없었다.

    국가 혁명의 도취감이 사라지고 난 뒤, 꼭 필요한 새로운 사
상과 독창력, 현실감각은 이처럼 월급도 많이 못 받고 옷도 제대
로 못 입는 교사들에 의해 발휘되었다. 이들은 성격이 꼬이고 과
묵하지만 실제로는 뭐든지 열심히 배우는(바로 이것이 이 나라의
힘이다) 아나톨리아 농민들을 위해 장인 못지않은 끈기를 발휘
해가며 일했다. 더 멀고 더 외딴 곳의 교사들(그중에서도 일부 젊은
여성들)은 비록 이해해 주고 동조해 주는 사람은 많지 않지만, 그
래도 눈雪이나 결핵과 싸우며 시골사람들이 불결함과 잔혹한 미
신, 가난에서 벗어나도록 분투하고 있었다. 아나톨리아는 마을
의 교사들과 초등교육, 소책자가 이끌어가는 교화 단계에 있었
다. 사람들은 이 단계를 쉽게 뛰어넘을 수가 없다. 그러니 모든
것이 시작되도록 하기 위해서는 헌신적인 노력이 필요했다. 이
보다 더 보람 없으면서도 이보다 더 유용한 직업은 아마 터키에
없을 것이다.

파르티아 고대 이란이 카스피 해 동남쪽에 세운 왕국.

느끼한 음식 냄새가 학교 식당 쪽에서 올라왔다. 어두운 운동장에서 고함소리와, 젖은 땅 위에서 나막신이 덜거덕거리는 소리가 여전히 들려왔다. 말을 타지 않은 기사들과 나무로 만든 검, 짧게 깎은 작은 머리에 얹혀진 음산한 분위기의 검은 모자가 지나가는 게 보였다. 외국어로 말하는 어린아이들의 목소리는 항상 불안하게 느껴진다. 그들은 분위기에 맞추어 그런 목소리(완전히 가성은 아닌)를 내는 것 같다. 그렇지만 그런 찢어질 듯한 비명("내 공 돌려줘!"라든지, 서로 싸울 때의 "옷은 잡지 마!" 같은)이 이 세상의 모든 운동장에 울려퍼지는 건 아니리라.

이스탄불에서는 이 어둠의 교육자들에 관해 말하는 걸 거의 들을 수가 없다. 놀라운 운치와 풍자성을 갖춘 아나톨리아의 민속음악이 때때로 문예지에 실리지 않는다면, 아마도 그 교사들은 완전히 잊혀질 것이다. 그들은 앙카라에 있는 일부 군인과 '젊은 터키인들'과 함께 엄격한 케말정신을 지키는 마지막 보루라고 할 수 있다. 스파르타인처럼 검소하고 엄격한 이 교사들은 진정한 모습을 인정받지 못했다. 곧, 이들은 터키가 공식적으로는 찬양하지만 사실은 영영 돌아오지 않기를 바라는 냉혹한 훈련 시대의 대표주자들인 것이다.

아타튀르크가 죽고 난 뒤로 그가 출발시켰던, 모질지만 꼭 필요했던 혁신의 기차는 속도가 느려졌다. 두려움 때문에 울며 겨자 먹기로 덕행의 귀감이 되었던 일부 공무원들은 별다른 불만 없이 타협과 뇌물에 대한 취향을 되찾았다. 지방에서는 영향력을 회복한 사제들이 때때로 신자들에게 '터키인들의 국부'의 동상을 더럽히거나 파괴하라고 부추기고, 지저분한 의학적 미신(게다가 코란과도 아무 상관이 없는 - 글쓴이 주)을 다시 강요하고, 교사(신의 적!)에게, 특히 여교사(얼굴을 내보이고 다니는 창녀!)에게 저항하도록 신자들을 조종한다. 물론 모든 뮐러들이 다 이러지는 않지만, 훌륭한 사제가 얼마 되지 않는 것에 비하면 새로운 터키와 관련되는 건 뭐든지 다 파괴하고 복수하려는 탐욕스럽고 전제적이고 무지한 사제들이 엄청 많다는 것이다. 그들은 충분히 그렇게 할 수 있다. 궁지에 몰리자 아타튀르크에게 대항하여 벌였던 성전聖戰은 금방 막을 내렸고, 그 뒤로 잔학한 보복이 이뤄지면서 아나톨리아의 많은 이슬람 사원들과 이슬람 학원들은 척추와 두개골이 몽둥이로 맞아 금 가는 소리를 들었던 것이다. 이제 그들은 여기저기서 제자리를 되찾았고, 많은 농민들이 그들을 따른다.

오래된 습관은 비록 억압적일지라도 무척이나 부드럽게 느껴지는 법이다. 이 놀랍고 새로운 제도보다는, 하루가 끝나 지칠 대로 지친 상태에서 새로운 것을 이해하려고 애쓰는 것보다는, 차라리 친밀하게 느껴지는 불행이 더 나은 것이다.

케말 케말 아타튀르크.

그리하여 그같은 퇴보를 방지하고, 그다지 환영을 받지 못하는 이 '빛'을 널리 퍼뜨리는 일은, 가난하고, 꽉 짜인 생활을 해야 하고, 제대로 못 먹고, 한없이 외로운 이 일종의 교사 겸 하사관들에게 맡겨졌다. 그들이 그 진흙투성이 운동장에서 왔다 갔다 하는 걸 보며 나는, 학생들을 가르칠 때 뭐가 가장 필요하냐고 묻자 교사 한 사람이 내게 했던 대답을 떠올렸다……. "볼테르 의자(앉는 자리는 낮고 등받이가 높으며 뒤로 제껴진 의자 – 옮긴이 주)가 한 백사십 개 정도 있었으면 좋겠습니다……."

저녁 내내 우리는 친절한 트럭 운전사 두 명과 함께 고장난 점화장치를 수리하였다. 자정쯤 수리가 끝나자 차는 꼭 트랙터처럼 힘차게 움직였다. 페르시아까지는 이제 고개 하나밖에 남지 않았고, 다음 번 우체국 유치우편을 받으려면 700킬로미터를 더 가야 한다. 좀 춥기는 했지만 밤 날씨가 더할 나위 없이 좋았고, 비포장도로는 말라붙은 상태였다(사람들은 우리에게 이렇게 자신 있게 말했다). 그런데 우리에게는 남은 터키 돈이 거의 없었다. 그래서 군 경찰에 연락해서 우리를 호송해 주도록 부탁하고 (에르주룸은 군사지역이다. 이곳에서는 사진 촬영이 금지였고, 체류 기간은 48시간 이내, 체류 장소는 도시 주변 반경 40킬로미터 이내로 정해져 있었으며, 외국인은 호송을 받아야만 이동할 수 있다 – 글쓴이 주) 곧바로 출발하기로 결정하였다. 우리는 몹시 추운 병영 운동장에서 발을 구르며 기다렸고, 잠시 후 하산칼레까지 우리와 동행할 호송 장교와 통역, 지프차 운전병이 파자마 위에 군복을 걸치고 나타났다.

도로는 상태가 좋지 않았다. 티에리는 장교를 태우고 전속력으로 앞질러갔다. 나와 통역이 같이 탄 지프차는 힘들게 그 차를 따라갔다. 바람이 살을 에듯 우리 얼굴을 후려치고 차가 너무 심하게 흔들리는 바람에 혀를 깨물지 않도록 이를 악물고 말을 해야만 했다. 그런데 통역(지나치게 큰 군복을 입고 얼굴이 창백한 청년)은 거의 말이 없었다. 그는 자기를 깨웠다고 우리를 원망하더니 자는 척 내 질문을 피했다. 그렇지만 그는 5킬로미터가량 갔을 때 이렇게 말했다.

"전 위스퀴다르 고등학교에서 프랑스어를 배웠어요. 입대하기 전에는 모피를 사고파는 일을 했습니다……. 그랬다가 망했지요……. 그리스 출신 고리대금업자들 때문에 그렇게 되었는데, 내가 군복을 입고 있는 동안에는 그 사람들도 손을 못댈 거예요."

그가 결론 삼아서 이렇게 덧붙였다.

"어쨌든 그리스인들을 가만두지 않을 겁니다……."

그리고 그는 눈을 감았다. 25킬로미터가량 갔을 때 귀가 이

위스퀴다르 터키 이스탄불 주에 있는 도시.

미 반쯤 얼어붙었지만, 그래도 아직은 들을 수가 있었다.

"우리는 잠자리 상대로 뚱뚱한 여자들을 좋아해요. 눈치 못 챘는지요? 엄청나게 굵고 살찐 팔뚝에 흰 피부, 그게 터키 사람들 취향이에요…… 제 취향이기도 하고요…….'

그 뒤는 바람이 불어서 알아들을 수가 없었다.

하산칼레 초입에서 나는 에르주룸이 옛날에는 쿠르드족의 수도가 아니었냐고 물었다. 그는 농담이라도 하려는 듯 보기 흉하게 웃더니 그냥 이렇게 한마디만 하고 말았다.

"……그 사람들은 아주 오랫동안 이곳에 돌아오지 못할 겁니다. 우리들한테 엄청 당했으니까요…….'(쿠르드족은 실제로 1921년에 봉기를 일으켰다가 이런 상황에 처했다. 아타튀르크의 '소수민족 정책'은 그들을 하나씩 전멸시키는 것인 듯했다 - 글쓴이 주)

그는 주먹으로 손바닥을 치며 계속 이렇게 중얼거렸다. 그때서야 나는 그가 엄청나게 큰 손과 곰 같은 체격, 장작을 연상시키는 손목을 가졌음을 알아차렸다. 그런데 나는 그를 왜소한 남자라고 생각했던 것이다! 지나치게 큰 군복 때문이었다. 아무리 덩치가 큰 거인이라도 그 군복을 다 채울 수는 없었으리라.

그가 다시 입을 열었다.

"전 근무가 끝나면 매일같이 그레코로만형 레슬링을 하러 갑니다. 제가 사는 거리에 아주 훌륭한 팀이 있는데, 일요일 경기에서는 반칙을 좀 하지요. 비틀고 목을 조르는 걸 직접 두 눈으로 봐야 하는데…… 경기를 할 때마다 부상자가 속출하지요. 그런데 당신은? 레슬링할 줄 압니까?"

하산칼레에서 장교는 우리 차에서 내려 우리에게 행운을 빌어주더니 지프차에 올라탔다. 지프차는 방향을 돌렸다. 나는 조심스레 통역과 악수를 나누었다. 우리는 아침까지 차를 몰았으나 단 한 대의 트럭과도 마주치지 않았다.

에르주룸 동쪽의 길은 너무나도 고적하다. 마을과 마을 간의 거리는 상당히 멀다. 이런저런 이유로 해서 자동차를 세워놓고 밖에서 남은 밤시간을 보내야 할 수도 있다. 큼지막한 펠트 상의를 입고 챙 없는 모피 모자를 귀가 안 보이게 푹 눌러쓰고는 주전자 물이 끓는 소리를 듣는다. 언덕에 등을 기대고 별과, 대지가 코카서스 지방을 향해 굽이치는 모습, 그리고 빛을 발하는 여우들의 눈을 바라본다.

시간은 끓고 있는 차茶가 되어, 드문드문 이어지는 말이 되어, 담배가 되어 지나간다. 그러다 보면 동이 튼다. 점점 더 밝아지는 빛이 메추라기와 자고새의 깃털을 비춘다……. 그러면 나는 언젠가는 되찾으러 갈 기세로 이 경이로운 순간을 내 기억의 밑바닥에 서둘러 파묻는다. 기지개를 켜고 몇 걸음 걸으면 '행복'이란 단어가 내게 일어난 일을 묘사하기에는 너무나 빈약하게 느껴진다.

결국 존재의 기반을 이루는 것은 가족도 아니고, 일도 아니고, 나에 대한 다른 사람들의 말이나 생각도 아니다. 사랑보다 더 평온한 초월적 힘에 의해 고양될 때의 순간이 내 삶의 뼈대를 이루는 것이다. 삶은 그같은 순간을 인색하게 나누어준다. 우리의 허약한 마음은 더 이상 견뎌낼 수가 없다.

날씨가 좋았다. 우리는 열린 창문을 통해, 페르시아와 아나톨리아 고원을 구분 짓는 협로 양쪽으로 꼭 말의 편자처럼 계단식으로 펼쳐진 도시를 바라보았다. ……우유 한 잔과 커피. 간판이나 이정표를 해독하는 건 이제 불가능해졌다.

아무리 빵을 씹어도
안 넘어가고 목에 걸리는
순간이 있다

세 번째 이야기 **이란 국경**

이란 국경

한 시간가량 차를 몰았다. 버드나무가 드문드문 서있는 작은 계곡 한가운데에서 분홍색 초벽이 발라진, 좀 낡아 보이는 제정시대풍 별장을 우연히 발견했을 때는 이미 짙은 어둠이 깔린 뒤였다. 우리는 헤드라이트 불빛 속에서 실루엣 하나가 하품을 하며 문간에 나타났다가 사라지더니 불이 켜지는 걸 보았다. 이란 세관원이었다…….

세관원은 아세틸렌등 아래서 움푹 팬 두 눈을 반짝이며 거무칙칙한 얼굴을 들어올렸다. 그는 우리나라 농부들처럼 얼룩덜룩한 줄무늬가 있는 플란넬 셔츠를 입고 그 위에 앞이 트인 제복을 걸쳤다. 그가 웃으며 자동차를 바라보았다.

그는 프랑스어로 말했다.

"유감입니다, 친구들. 마쿠까지는 군인이 에스코트를 해야 해요. 법에 그렇게 정해져 있어서요. 멀지는 않습니다……. 아주 작은 군인을 한 명 붙여드리지요."

도대체 군인을 어디서 데려오려는 것일까? 초소는 아무도 없는 듯 침묵에 잠겨 있었다. 우리를 어둠 속에 남겨두고 등을 들고 사라졌던 세관원은 잠시 후에 꼭 다운증후군에 걸린 듯 키가 정말 작은 사내 한 명을 데리고 다시 나타났다. 각반을 찬 이 남자는 얼굴에 함박웃음을 머금고 있었다.

"자, 여기 데려왔습니다!"

세관원은 꼭 자신의 슬리퍼에서 끄집어내기라도 한 듯 그 남자를 우리에게 밀어내며 말했다.

우리는 그 키 작은 군인을 보닛 위에 앉혔다. 나는 좁고 위험한 차도에서 아주 천천히 차를 몰았다. 조수석에 앉아있던 티에리는, 눈을 반쯤 감고 양¥ 냄새를 풀풀 풍기며 콧노래를 부르는 그 군인에게 주려고 담배에 불을 붙였다. 우리 왼쪽으로 아라라트 산의 비탈이 벽처럼 어둠 속에 펼쳐져 있었다. 우리가 협로에 다가가면 갈수록 더 무더워졌다. 구름이 명주처럼 보드라운 달 위로 물 흐르듯 떠가고 있었다. 차바퀴가 모래를 짓눌러 뭉개며 깊은 숨을 끊임없이 내쉬는 동안, 살기 팍팍한 아나톨리아에 대한 추억은 꼭 찻잔 속에서 설탕이 녹듯 그렇게 흔적도 없이 사라져버렸다.

마쿠[26]

마쿠 여관에 들어가보니 털보들이 여기저기서 꾸벅꾸벅 졸고 있었고, 주인은 기도할 때 쓰는 무릎깔개 위에 엎드려있었다. 그는 기도를 멈추더니 식탁 하나를 치워주며 그 위에서 자라고 말했다. 아침이 되자 우리는 식탁에서 내려와 거기서 식사를 했다. 다른 손님들은 다 어디로 가고 없었다. 벽에는 큼지막한 컬러 그림이 두 장 붙어있었는데, 한 장에는 이란 왕이, 또 한 장에는…… 티베리아의 예수 그리스도가 그려져 있었다. 날씨가 좋았다. 우리는 열린 창문을 통해, 페르시아와 아나톨리아 고원을 구분 짓는 협로 양쪽으로 꼭 말의 편자처럼 계단식으로 펼쳐진 도시를 바라보았다. 지붕 모서리가 부서진 흙집, 푸른색 페인트가 칠해진 문, 포도나무를 그려놓은 타일, 연기보다 더 가벼워 보이는 포플러나무들. 터키식 빵 대신 신문만큼이나 얇은 팬케이크가 나왔다. 그리고 우유 한 잔과 커피.

아라라트 산 터키 동쪽 끝에 있는 산으로 터키, 이란, 아르메니아의 접경지대다. 성서에서 대홍수가 끝난 뒤 노아의 방주가 도착한 곳으로 전해진다. 최고 높이 해발 5185미터.
티베리아 팔레스타인의 도시. 예수가 주로 활동한 이스라엘 갈릴리 지방에서 가장 큰 도시.
히즈라 622년 예언자 무함마드가 박해를 피해 메카에서 메디나로 이주한 사건으로, 이때를 이슬람력의 시작으로 본다. 히즈라는 아랍어로 '이주'라는 뜻.

간판이나 이정표를 해독하는 건 이제 불가능해졌다. 페르시아 문자가 퇴보하는 중이었다. 시간 역시 그러하였다. 하룻밤새 서력 20세기에서 히즈라 의 14세기로 거슬러올라가면서 세상도 바뀐 것이었다.

우리에게 그걸 내주지 않으려고 하는 사람은 아무도 없는 '통행증'(이란 국내에서는 매번 이동할 때마다 비자 외에도 '자바스'라고 불리는 특별허가를 받아야만 한다 – 글쓴이 주)을 얻기 위해 경찰서에서 오전 한나절을 허비한 우리는, 우리를 에스코트해 준 군인이 총을 무릎 사이에 끼운 채 벤치 위에서 자는 걸 보고 그냥 내버려두었다. 누덕누덕한 군복 왼쪽 어깨에는, 금색실로 태양이 수놓아져 있고, 그 위에는 감탄사가 절로 나올 만큼 섬세하게 수놓은 초록색 사자 한 마리가 누워있었다.

《세상의 용도》 제2권으로 이어집니다.

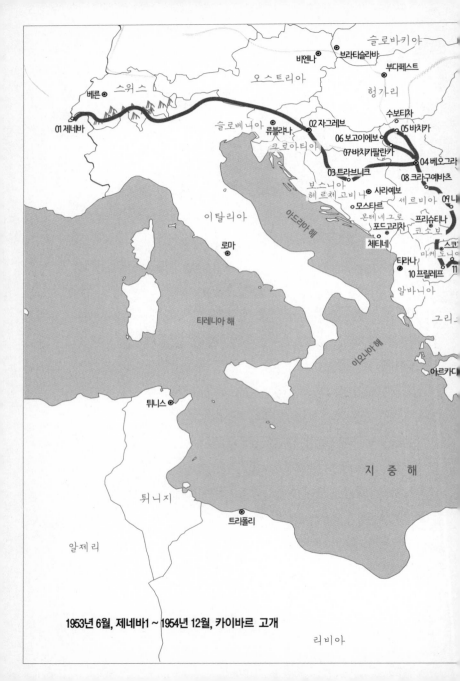

1953년 6월, 제네바1 ~ 1954년 12월, 카이바르 고개

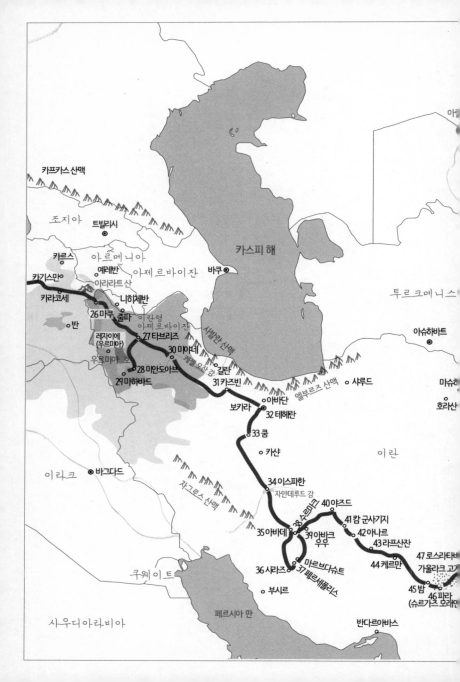

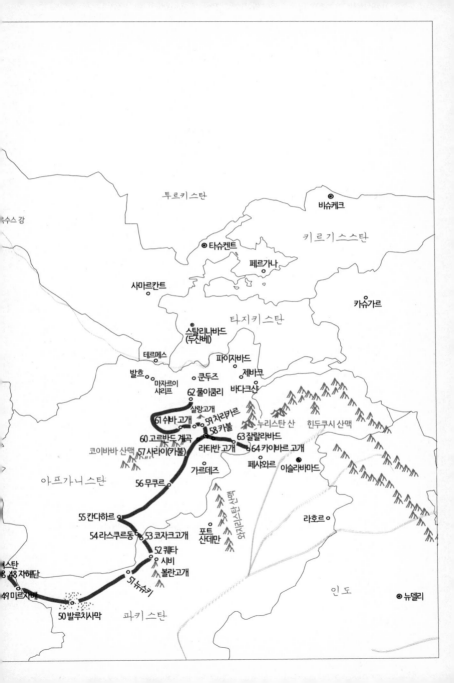

투르키스탄

비슈케크

육수스 강

키르기스스탄

타슈켄트

페르가나

카슈가르

사마르칸트

타지키스탄

스탈리나바드
(두샨베)

테르메스

파이자바드

제바크

발흐
마자르이샤리프

쿤두즈

바다크샨

62 풀이쿰리

살랑고개

힌두쿠시 산맥

61 슈바 고개

59 차리카르

누리스탄 산

60 고르반드 계곡

58 카불

63 잘랄라바드

코이바바 산맥

57 사라이(카불)

라타반 고개

64 카이바르 고개

아프가니스탄

56 무쿠르

가르데즈

페샤와르

이슬라마바드

55 칸다하르

술라이만 산맥

라호르

54 라스쿠르동

53 코자크고개

포트
산데만

52 퀘타

시비

인도

48 자헤단

51 뉴슈키

볼란고개

49 미르자베

50 발루치사막

파키스탄

뉴델리

| 옮긴이의 글

삶을 바꿔놓는 경이의 책

니콜라 부비에가 쓴 《세상의 용도》는 삶을 바꿔놓는 힘을 가진 마술의 책들 중 하나다. 1963년 스위스의 드로주 출판사에서 나온 이 책은 그 다음 해 프랑스 쥘리아르 출판사에 의해 출간되었지만, 이 프랑스어판은 출판사 내부 사정으로 절판되었다. 작가가 판권을 되찾아간 뒤로 시간이 지나면서 이 책을 구하기가 점점 더 어려워져갔다. 1985년 데쿠베르트 출판사에서 펴낸 세 번째 판이 드디어 이 책을 행복한 소수의 손에서 더 많은 독자들에게 넘겨주었다. 처음 출간된 지 25년여 만에 《세상의 용도》가 하나의 기념비적 저서로, 하나의 컬트북으로 인정받은 것이다. 이 책을 쓴 니콜라 부비에는 그로부터 13년 뒤에, 그리고 이 책에 흑백 삽화를 그린 그의 친구 티에리 베르네는 그로부터 5년 뒤에 각각 세상을 떠났다.

《세상의 용도》는 어떤 책인가? 1953년에서 1954년 사이에 두 스위스 청년을 제네바에서 유고슬라비아, 터키, 이란, 파키스탄을 거쳐, 아프가니스탄의 카불까지 데려간 여행이야기라고 간단히 대답할 수도 있을 것이다. 한 사람은 작가, 또 한 사람은 화가였다. 그들은 피아트 토폴리노를 타고 여행했다. 이렇게 말하는 게 정확할지는 모르지만 불완전하다. 왜냐하면 《세상의 용도》는 무엇보다도 '지혜의 책'이기 때문이다. 세상을 어떻게 이용할 것인지를 설명해주는 삶의 교과서이기 때문이다. 또한 그것은 20세기판 '경이의 책'이기도 하다.

모든 것은 1929년 제네바에서 시작되었다. 니콜라 부비에는 높은 교양을 갖춘 부유한 부르주아지 집안에서 태어났다. 그의 부모들은 토마스 만이라든가 마르그리트 유르스나르(부비에는 그녀를 존경했다), 로베르트 무질, 헤르만 헤세를 손님으로 맞았다. 니콜라 부비에가 쓴 〈테사우루스 파우페룸〉이라는 글을 보면, 가족의 근원에 대한 깊은 애착과 거기서 벗어나고 싶은 잠재된 욕망이 동시에 표현되어 있다. 그는 대입자격시험을 보고 난 뒤로 산스크리트어와 중세사를 공부했고, 처음으로 여행을 했으며(이탈리아, 핀란드, 사하라, 터키), 최초로 글을 썼다. 그러고 나서 드디어 1953년에 오랜 시간 준비해온 긴 여행을 분신이나 마찬가지인 티에리 베르네와 함께 떠나게 된다. 그리고 길은 계시를 주기도 하지만 또한 고통도 안겨준다. 여행은 값비싼 대가를 치러야만 하는 것이다. 우리가 여행을 하는 것은 무슨 일인가 일어나서 자신을 변화시키도록 하기 위해서다. 그렇지 않다면 그냥 집에 있는 게 차라리 낫다. 니콜라 부비에는 나중에 이렇게 썼다.

당신을 파괴할 권리를 여행에 주지 않는다면 여행은 당신에게 아무것도 가르쳐주지 않을 것이다. 그것은 이 세상만큼이나 오래된 꿈이다. 여행은 마치 난파와도 같으며, 타고 가던 배가 단 한 번도 침몰하지 않은 사람은 바다에서 다시는 돌아오지 못할 것이다.

《세상의 용도》는 둘이서 카불까지 갔던 이 여행의 첫 부분을 이야기한다. 그러고 나서 부비에는 1955년에 혼자 인도에 이어 실론(스리랑카)까지 갔다. 그는 여기서 1년 가까이 머무르면서 광기와 우울증, 알코올을 경험했다. 여행의 위험은 경계를 살짝 건드리는 것이다. 그는 25년 뒤 그의 작품 중에서 가장 매혹적이면서 가장 비통한 《물고기-전갈》이라는 작품을 통해 거기에 관해 이야기한다. 죽음의 유혹에서 벗어난 그는 실론을 떠나 일본에 정착, 1년 동안 사진작업으로 먹고 살며 글을 썼다. 3년 동안의 여행을 마친 그는 1956년 말 스위스로 돌아가서 결혼을 하고, 제네바 근처의 콜리니라는 곳에 자리를 잡는다. 그는 도상학자로 일하면서 3만여 점 이상의 개인 수집품을 모으는 한편, 《세상의 용도》를 고치고 또 고쳤다.

여행자는 무엇보다도 여유를 가져야 하고, 자기가 있는 나라에 깊이 빠져들어야 하며, 완전한 가용可用 상태에 놓여야 한다. 니콜라 부비에는 눈이 내리는 이란에서 6개월 동안 겨울을 보내야만 했고, 소형 피아트 자동차 엔진을 며칠에 걸쳐 다시 조립해야 했으며, 터키로 가는 길이 워낙 더워서 오래 고생해야 했다. 그러면, 그리고 오직 그때에만 여행은 여행자에게 그에 관한 무엇인가를 가르쳐줄 수 있다.

《세상의 용도》가 출판되고 나서 니콜라 부비에와 그의 아내, 그리고 그의 큰아들은 일본으로 가서 1년 동안 머물렀다. 그는 이때의 체험을 《일본》이라는 책 속에서 이야기하고 있으며, 다시 짧은 한 장을 덧붙여 《일본 연대기》를 펴냈다. 그리고 오랫동안 출판되지 않고 있던 이 책의 일부분은 《공허와 충만》이라는 제목으로 출간되었다.

니콜라 부비에는 1970년에 혼자 다시 일본으로 갔고, 죽기 직전에 다시 이 나라를 찾아갔다. 그는 또한 중국과 한국, 아란 제도(아일랜드의 서쪽 골웨이 만에 위치한 세 개의 섬)를 여행하기도 했다. 그는 계속해서 사진을 찍었고, 그의 사진 작품은 최근 들어 체계적으로 정리되기 시작했다.

1990년대 들어 니콜라 부비에는 '감탄할 만한 여행자들'이라는 주제로 생말로에서 열린 북페어에서 한 세대의 작가 전체가 '대가大家'로 간주하는 영광을 안았다. 오마주 기간이 마련되어 영화 〈부엉이와 고래〉(파트리샤 플래티너가 니콜라 부비에의 동명 작품을 원작으로 만든 다큐영화)가 상영되었고, 대화집 《길과 궤주》가 출간되었다. 부비에는 그 뒤로도 미국과 일본을 여행하다가 1998년 2월 암으로 세상을 떠났다. 그가 마지막으로 쓴 유고작은 《밖과 안》이라는 시집으로서 가장 간결하면서도 가장 비통한 현대시가 묶여있는데, 그것은 인간과 죽음의 대면이었다. 작가이자 사진가이자 고문서학자였던 니콜라 부비에는 또한 시인이기도 했다.

지난 2004년 7월 갈리마르 출판사는 무려 1560쪽에 달하는 그의 전집을 발간하였다.

옮긴이 이재형

| 니콜라 부비에의 생애

출생(1929)

제네바 인근에서 3남매의 막내로 출생. 매우 엄격하면서도 지적인 가풍에서 자라난다. 그의 부모들은 토마스 만이라든가 마르그리트 유르스나르(부비에는 그녀를 존경했다), 로베르트 무질, 헤르만 헤세를 손님으로 맞았다.

어린 시절

아버지는 도서관 사서였고, 어머니는 "가장 실력 없는" 요리사였다고 한다. 여섯 살에서 일곱 살 사이에 쥘 베른, 커우드James Oliver Curwood, 스티븐슨Robert Louis Balfour Stevenson, 잭 런던, 페니모어 쿠퍼James Fenimore Cooper의 작품들을 탐독한다.

청소년기

열일곱 살 때부터 부르고뉴와 토스카나, 플랑드르, 사하라, 라포니, 아나톨리아 등지를 여행한다. 동시에 제네바대학에서 문학과 법을 전공하면서 산스크리트어와 중세사에 관심을 가졌다가 결국은 마농 레스코와 몰 플랜더즈의 비교 연구를 주제로 학위논문을 쓸 계획을 세운다.

카이바르 고개(1953~1954)

대학학위시험 결과를 채 기다리지도 않은 채 1953년 6월 친구 티에리 베르네와 함께 피아트 토폴리노 자동차를 타고 출발한다. 첫 번째 목적지는 발칸반도였다. 1954년 12월까지 계속된 이 여행은 두 사람을 터키와 이란, 파키스탄으로 데려가고, 티에리는 카이바르 고개를 얼마 남겨놓지 않고 여행을 중단한다. 니콜라 부비에는 혼자 여행을 계속한다. 몇 년 뒤 《세상의 용도》가 탄생한다.

실론(1955)

니콜라 부비에는 혼자서 아프가니스탄과 인도를 거쳐 실론에 도착한다. 이곳에서 그는 어찌할 바를 모른다. 고독과 더위가 그를 덮친 것이다. 그는 일곱 달 뒤에서야 이 섬을 떠나고, 30년 뒤에서야 《물고기-전갈》이라는 책과 더불어 이 모험의 무게를 떨친다.

일본(1955-1956)

그는 실론에 이어 또 하나의 섬 일본으로 떠난다. 그는 일본에 매혹되어 몇 년간 머무른다. 그는 1970년 이곳에 세 번째 체류하고 난 뒤 《일본 연대기》를 쓴다. "일본은 작은 것의 입문이다. 여기서 너무 많은 것을 가지고 있으면 좋은 소리를 못 듣는다."

이때 우리나라도 방문하여, 부산과 대구, 한라산 등을 여행한다.

"우리를 조금 파괴할 권리를 여행에 남겨두지 않는다면 차라리 집에 남아 있는 게 낫다."《한라산으로 가는 길》

마지막 여행(1998)

1998년 2월 17일, 암으로 사망.

수상과 저서

1995년 니콜라 부비에는 그의 작품 전체에 대해 그랑프리 라무즈상(작품 전체에 대해 수여하는 스위스의 문학상)을 수여받는다. 이것은 크리티

크상(파리, 1982)과 벨 레트르상(1986)에 이은 세 번째 수상이었다. 또한 1991년 '감탄할 만한 여행자들Étonnants Voyageurs'이라는 주제로 열린 생말로 북페어에서 여행문학의 대가로 선정되어, 오마주 기간 동안 그의 책이 전시되고 영화가 상영되었다. 생말로 북페어는 2007년 뛰어난 여행작가에게 수상하는 '니콜라 부비에상'을 제정하여 지금까지 해마다 수상자를 내고 있다. 2004년 프랑스 갈리마르 출판사에서 전집이 발간되었다.

《세상의 용도》(1963), 《일본 연대기》(1975), 《한라산 가는 길》(1994), 《물고기-전갈》(1982), 《아란과 다른 곳의 일기》(1990), 《부엉이와 고래》(1993), 《안과 밖》(1998), 《방황과 영원 사이에서, 세계의 산들에 관한 시선》(1998), 《몸, 세계의 거울》(2000), 《이미지의 역사》(2001), 《여행자의 눈》(2001), 《전집》(2004)

《세상의 용도》 서평들

〈르몽드〉, 쟈크 뫼니에
그의 산문은 브뢰겔과 샤갈을 생각나게 한다. 그의 여행 수첩은 둥글둥글한 단어들과 뜨거운 단어들, 우주를 만들어내는 단어들로 가득 차 있다. 이 여행 작가의 성공은 여행자로서의 자질이 그의 작가로서의 자질을 무력화시키지 않았다는 데 있다. 체험은 그의 시선을 날카롭게 만들고 글의 군더더기를 덜어내게 했다.

Kafkaiens Magazine
이 너무나도 아름다운 책을 읽으면서 독자들은 코르토 말테즈와 레비-스트로스를 떠올리게 될 것이다.

Critiques Libres
여행문학이라는 장르를 처음 접해본 나는 이 책에 매료되고 말았다. 나는 여행문학 장르에서 가장 잘 쓰인 책을 처음으로 접했다. 니콜라 부비에의 이 책은 여행문학 애호가들 사이에서 컬트북이 되었다.

avoir-alire.com
이야기와 풍경, 색깔, 냄새로 가득 찬 책. 아름다워지기 위해서 삶은 여유를 가져야 하고, 실수를 인정해야 하며, 시와 음악, 웃음을 먹고 살아야 한다. 또한 스스로를 채우기 위해서 삶은 늘 깨어 있어야 한다.

아마존 프랑스
나는 최근 들어 이 작가를 발견하였다. 정말 운이 좋았다! 순수한 행복이었다! 특히 이 책에는 단어들의 결합과 문장들의 균형이 존재한다.

프랑스어로 쓰인 가장 아름다운 이 책은 단어들이 폴라로이드 사진이 되는 여행 속으로 우리를 데려간다. 별다른 일은 일어나지 않지만, 존재의 행복은 바로 이 '평범함' 속에 있다.

| 지은이 · 옮긴이 소개

니콜라 부비에 Nicolas Bouvier

1929~1998. 작가이자 사진가이자 고문서학자, 시인. 제네바 인근에서 3남
매의 막내로 태어났다. 아버지는 도서관 사서였고, 어머니는 '가장 실력 없
는' 요리사였다. 열일곱 살, 대학입학자격시험 후 첫 여행을 했고, 제네바대
학에서 문학과 법을 전공하면서 산스크리트어와 중세사에 관심을 가졌다.
학위논문 결과를 기다리지도 않은 채 1953년 6월 친구 티에리 베르네와
함께 피아트 토폴리노 자동차를 타고 인도로 출발했다. 둘의 여행은 아프
가니스탄 카불에서 중단되지만, 혼자서 여행을 계속하여 인도와 실론으로
간다. 이후 니콜라 부비에는 여행작가로서의 삶을 살아간다. 1982년 파리
비평가상, 1995년 작품 전체에 대해 그랑프리 라무즈 상을 수상했다. 전세
계를 여행하며 저술작업을 하다가 1998년 2월 17일 암으로 사망했다. 《세
상의 용도》《일본》《물고기-전갈》등 십여 권의 책을 냈으며, 2004년 갈
리마르 출판사에서 전집을 발간했다.

이재형

한국외국어대학교 프랑스어과를 졸업하고 한국외국어대학교, 강원대학
교, 상명여자대학교 강사를 지냈다. 옮긴 책으로 《부엔 까미노》《어느 하
녀의 일기》《걷기, 두 발로 사유하는 철학》《패자의 기억》《꾸뻬 씨의 사
랑 여행》《사회계약론》《시티 오브 조이》《군중심리》《마법의 백과사
전》《지구는 우리의 조국》《밤의 노예》《최후의 성 말빌》《세월의 거
품》《신혼여행》《레이스 뜨는 여자》《눈 이야기》등이 있다. 현재 파리
에서 번역, 저술 작업을 하는 틈틈이 도보여행가로서의 삶을 살고 있다.